Dietlind Antretter

IMMER WIE IMMER

Liebesgeschichten

Haymon

Umschlag: Benno Peter

Bibliografische Information:
Die Deutsche Bibliothek verzeichnet diese Publikation in der Deutschen Nationalbibliografie; detaillierte bibliografische Daten sind im Internet über http://dnb.ddb.de abrufbar.

© Haymon-Verlag, Innsbruck-Wien 2005
Alle Rechte vorbehalten
www.haymonverlag.at

Satz: Haymon-Verlag
Druck und Bindearbeit: Druckerei Theiss GmbH, A-9431 St. Stefan

ISBN 3-85218-470-3

Für Milos

What do I do to make you want me
Joe Cocker

Auf den Spuren der Bilder
rollt die Fülle des Lichtes anderen Träumen entgegen.
Paul Eluard

Es scheint so

Es war noch immer eine Art Reflex, dachte sie, als sie die Tür aufsperrte und ihr Blick auf die Zimmernummer fiel. Früher hatte sie gewusst, in wie vielen Wohnungen, Hotelzimmern, Ländern sie gelebt hatte, sie hatte mühelos die ständig wechselnden Adressen und dazugehörigen Telefonnummern gelernt und sie sich, wie sie glaubte, für immer eingeprägt.

So wie sie jedoch die Orte immer öfter wechselte und vergaß, begannen ihr jene Zahlen zu entfallen, die einen Anhaltspunkt darstellten, ihr in gewisser Weise eine Ordnung auferlegten. Sogar die Namen der Menschen, die sie traf, lösten sich irgendwann von den Gesichtern, die dann namenlos in die tieferen Schichten ihres Bewusstseins versanken, und wenn ihr zufällig eines dieser mit ungenauen Erlebnissen verhafteten Gesichter in einem anderen Zusammenhang begegnete, brauchte sie jenen ertappten Blick lang Zeit, es geografisch zuzuordnen, zu benennen und ihm seinen Platz zurückzugeben in ihr selbst.

Sie dachte daran, dass man am Anfang, wenn man eintrat in eine schwermütigere Welt und diejenige der Kindheit zurückließ, das Neue und Unbekannte noch wahrnahm als bewusste Aufeinanderfolge von Erlebnissen und Erfahrungen, die immer einsetzten mit diesem unverwechselbaren ersten Mal und sich zu einer Summe addieren ließen, die wiederum etwas mit Abenteuer und Erkenntnis zu tun hatte und verwegen war und vielversprechend.

Aber obwohl sie noch jung war, hatte sie bereits aufgehört, die Zeit und alles andere in ihr zu zählen, so wie sie auch nicht mehr wusste, wie vielen Männern sie begegnet war, wie viele Lieben sie gelebt hatte. Irgendwann, dachte sie, zersetzte sich, weil man vergesslich wurde, das Leben in seiner strengen Chronologie zu einem bunten Mosaik und Wirrwarr aus Bildern und Gefühlen.

Als sie durch die Tür trat, fiel ihr wie an jedem Tag der fremde Geruch des Hotelzimmers auf, das sie nun schon seit mehr als zwei Monaten bewohnte und das sich ihrer Anwesenheit beharrlich widersetzte. Der Nachmittag sickerte von draußen durch den schweren Stoff der Vorhänge, die das Zimmermädchen schon zugezogen hatte, denn man erwartete sie immer erst nachts zurück. Sie bewegte sich ständig von einer Dunkelheit in die andere, und während sie das Licht der Scheinwerfer genau beschreiben und in seinen verschiedenen Stimmungen festhalten konnte, dachte sie, als sie die Vorhänge zur Seite zog und die Balkontüren weit öffnete, dass ihr für das wirkliche Licht, dieses Licht da draußen, die Worte fehlten und sie es nur umschreiben konnte mit dem, was es in ihr auslöste: Beklommenheit, Zärtlichkeit, Aufruhr, Wehmut und am öftesten Sehnsucht.

Sie schloss die Augen, als eine späte Septembersonne durch ihre Haut eindrang wie feine Nadeln. Sie stand unbeweglich und so lange dieser Sonne zugewendet, bis sich hinter ihren geschlossenen Lidern das flammende Rot in brennende weiße Flecken zerteilte und ihre Augen zu versengen schien. Dann drehte sie sich um und folgte dem hellen Trichter des Lichts zurück ins Zimmer. Sie ließ ein Kleidungsstück nach dem anderen achtlos auf den Boden fallen, und als sie nackt war, legte sie sich auf das kühle Bett.

Sie wählte die Nummer der Rezeption.

„Ich bin's, Irina", sagte sie, als sich der Hotelportier meldete. „Würden Sie so freundlich sein, allen aus unserer Truppe, die bei Ihnen anrufen, zu sagen, dass die Probe für heute Nachmittag und Abend abgesagt wurde. – Ja, im Theater hängt ein Zettel", fügte sie nach einer kleinen Pause hinzu und erinnerte sich, in seinen Augen immer wieder jene Mischung aus Befremdung und Neugier entdeckt zu haben für ein, wie er vielleicht glaubte, ungewöhnliches Leben, an dessen Rändern ihm manchmal Einblick gewährt wurde. Sie dachte daran, wie sie selbst als junges Mädchen vor verschlossenen Bühneneingängen gestanden hatte, die sich hie und da öffneten und ganz normale Menschen entließen, aber kostbare Sekunden lang den Blick freigaben auf Gänge und Türen, hinter denen sie einen Zauber vermutete, der eine Welt versprach, in der man träumen durfte und verrückt sein, gewalttätig und leidenschaftlich, und die grenzenlos war.

„Mit welcher Begründung?", hörte sie den Hotelportier fragen.

„Ich weiß nicht. Sagen Sie doch einfach: frei zum Textlernen."

Niemand wusste genau, warum die Probe abgesagt worden war, aber als Irina wieder hinaus in die Sonne schaute, wünschte sie plötzlich, dass es mit etwas so Alltäglichem, das sie immer mehr vergaßen, wie dieser Sonne zu tun hatte, mit dem aufbegehrenden Licht des entschwindenden Sommers, warum sollte es sie nicht alle infiziert haben und durcheinander gebracht, sie würden hinausschwirren in diesen Nachmittag, süchtig wie sie alle waren nach den verschiedensten Dingen, süchtig wie die Nachtfalter nach dem Licht.

Christelle hörte im Bad des Zimmers unter sich die Dusche rauschen. Sie legte sich auf das Bett und schaltete den Fernseher ein. Mit der Fernbedienung wechselte sie von einem Sender zum anderen, und als sie keinen neuen mehr fand, fing sie wieder von vorne an. Sie drehte den Ton so laut, bis sie das Prasseln des Wassers nicht mehr hören konnte. Zu allem Überfluss sang Irina unter der Dusche. Zuerst hatte sie ein anderes Zimmer verlangt, aber nachdem ihr keines gefiel, war sie letztendlich in diesem hier geblieben, was bedeutete, mit einem Phantom zu leben, das Irina hieß.

Nach einiger Zeit hatten die Geräusche sie jedoch neugierig gemacht auf das Leben dieser jungen Frau unter ihr. Sie fand heraus, wann sie schlafen ging, wann sie aufstand, sie hörte, wann das Telefon läutete, nachts vor allem, immer spätnachts, wartete beinahe darauf wie die andere, und unterschied in dem gedämpften Gemurmel, das manchmal lauter wurde und zerfiel, verebbte oder jäh abbrach, wann sie fröhlich, gelassen oder erregt war, und manchmal verrieten die weit geöffneten Fenster die Geheimnisse ihrer Nächte. Am unerträglichsten aber war Christelle dieses Lachen, das durch die Poren der Wand heraufkroch zu ihr und sich um ihren Hals legte, ein sanfter, kalter Griff.

Die Dusche unter ihr rauschte immer noch, als sie den Fernseher ausschaltete und die Jalousien herunterließ. Das Licht war grell, war so hart und stach ihr in den Kopf, sie konnte es nicht ertragen. Sie holte ihr Adressbuch vom Nachttisch und suchte eine Nummer, aber als sie am anderen Ende der Leitung eine Tonbandstimme hörte, legte sie gleich wieder auf.

Sie wählte eine zweite Nummer. „Hallo, Jeremy", sagte sie, „wie geht's dir ohne Probe?" Und ohne seine Antwort abzuwarten: „Mir geht es schlecht. Warum? Weil ich Angst habe, ganz einfach. Ich schaffe das nie."

„Natürlich schaffst du das", erwiderte er.

„Wie kann ein so nervöser Mensch wie du ein so geduldiger Regisseur sein? Trotzdem", wiederholte sie, „ich schaffe es nicht."

„Das behauptest du immer", sagte Jeremy, „und immer bist du dann wunderbar und einzigartig. Du musst keine Angst haben."

„Aber du verschwindest gleich nach der Premiere, während unsereins ganz allein durch diese fürchterliche Provinz tingelt." Sie wartete einen Moment. „Du lässt uns im Stich."

„Erstens seid ihr nicht allein", erwiderte er, „zweitens schaue ich immer wieder vorbei, und drittens werden wir noch ein paar Tage Proben einschieben vor Paris."

„Ich hätte die Rolle nie annehmen dürfen."

„Christelle", er dehnte ihren Namen, „das höre ich jeden Tag."

„Aber ich weiß, dass du sie vorher jemand anderem angeboten hast. Gib also endlich zu, dass du nicht von Anfang an davon überzeugt warst, dass ich die Rolle spielen kann."

Sie hörte ihn stöhnen. „Ich habe nicht gleich an dich gedacht, weil du bisher immer andere Frauen gespielt hast. Warum wiederhole ich mich eigentlich dauernd? Früher hätte man gesagt: Diese Rolle ist ein anderes Fach."

„Eben deshalb hätte ich die Rolle nie annehmen dürfen. Die Frau ist alt und die Rolle undankbar."

„Wollen wir essen gehen", fragte er.

„Heute Abend?"

„Lieber morgen…, heute möchte ich einmal gerne raus aus all dem."

„Was mache ich dann heute Abend?"

„Christelle", seine Stimme klang freundlich, „es gibt ungefähr ein Dutzend Leute hier, mit denen du essen gehen kannst, außerdem einen Theaterdirektor und eine Unzahl von Angestellten des Hauses, die sich geehrt fühlen würden, mit dir den Abend zu verbringen. Ich sage dir dann morgen noch ein paar Überlegungen zum ersten Akt."

„Oh ja", erwiderte sie. „Glaubst du, ich werde es spielen können?"

„Natürlich", sagte er.

„Jeremy…"

„Ja?"

„Ich möchte sterben. Ich fühle mich so elend. Ich halte das nicht durch. Ich denke dauernd daran, dass ich..., dass ich es gleich tun werde, und dann beginne ich zu zittern und diese idiotischen Pillen zu fressen, aber die helfen mir auch nicht mehr..."

„Christelle", unterbrach er sie, „du wirst jetzt nicht damit anfangen. Du trägst hier eine Verantwortung, dir selbst, uns allen gegenüber..."

„Denkst du noch manchmal daran", fragte sie leise.

„Ja", seine Stimme wurde weich, „natürlich. Wir waren auch glücklich."

„Bis ich alles kaputt gemacht habe, wie immer, kaputt, kaputt, kaputt..."

Er schwieg. „Bist du sicher", meinte er nach einer Weile, „dass alles okay ist, Christelle?"

„Warum immer diese Fragen? Bist du sicher, Christelle, ist alles okay, Christelle? Wie ich sie hasse, diese Fragen!"

„Bist du an die Minibar gegangen?"

„Du warst es ja selbst", fuhr sie ihn an, „der veranlasst hat, dass sie ausgeräumt wird!"

„Ich meinte doch nur, dass deine Stimme komisch klingt und..."

„Vorhin", sie änderte ihren Ton, „war ich mit Nadine in der Stadt Unterwäsche kaufen. Stell dir bitte unsere Heroine in Unterwäsche vor, dann wird dir vielleicht allmählich klar, warum ich diese Rolle nicht annehmen hätte sollen, warum ich sie nicht spielen kann."

„Fang jetzt bitte nicht schon wieder damit an. Im Übrigen", sagte er, „kannst du Reizwäsche unter deinem Kostüm tragen, es ist mir völlig egal. Wenn es dir hilft..."

„Außerdem hättest du mir früher sagen können, dass du Irina als Assistentin engagierst."

„Aber sie tut dir doch nichts."

„Du weißt genau, dass…"

„Werde jetzt nicht paranoid."

„Jeremy", sie seufzte, „ich liebe dich."

„Ich liebe dich auch", sagte er. „Leg dich jetzt ein bisschen schlafen oder geh spazieren, und wir sprechen dann später wieder."

Als sie aufgelegt hatte, blätterte sie wieder in ihrem Adressbuch, aber die Buchstaben verschwammen ihr vor den Augen, schmolzen zusammen zu einem Block, kein Name löste sich heraus, kein Mensch auf all diesen eng beschriebenen Seiten, mit dem sie sprechen hätte können. Sie klappte das Adressbuch zu und umschlang ihre angezogenen Beine mit den Armen. Sie starrte vor sich hin.

Dann wählte sie ungeduldig eine Nummer und sagte zu der Stimme, die sich meldete: „Hallo, hier spricht deine Frau. Es geht mir schlecht, warum, mein Gott, das fragst du noch? Weil ich meinen Text nicht kann, ihn mir auch nie merken werde, ich habe schon aufgehört, diese verdammten Pillen zu schlucken, weil ich mich dann noch weniger konzentrieren kann. Verstehst du, alles ist grau, zerbröckelt um mich herum und löst sich auf, ich fühle mich alt und schlecht, widersprich mir doch nicht dauernd, was weiß ein Mann schon davon, du und ich und unser idiotisches Leben sind ja der beste Beweis. Abgesehen davon fühle ich mich alt und schlecht, weil ich dauernd in die Haut einer alten Frau schlüpfe, natürlich ist sie alt, stell dich doch nicht so an, Mitte fünfzig im letzten Jahrhundert entspricht ungefähr Mitte achtzig heutzutage. Ich habe Lust zu sterben…" Er reagierte nicht. „Außerdem fällt mir das mit Irina nicht leicht."

„Ich weiß", sagte er, „aber das ist nun einmal so."

„Ich fühle mich allein."

„Glaubst du, den anderen geht es besser?"

„Ich fühle mich allein und alt und möchte am liebsten sterben." Sie wartete einen Augenblick. „Pierre?"

„Ja?"

„Hast du noch manchmal ein bisschen Sehnsucht nach mir?"

Es entstand eine Pause. Sie hörte ein Rauschen, das sie an das Geräusch der Dusche erinnerte, und ihr wurde jetzt erst bewusst, dass sie ein Ferngespräch führte. „Dein Schweigen kostet mich ein Vermögen", sagte sie.

„Christelle, bitte …"

„Ich wusste es, du hast nicht einmal mehr Sehnsucht nach mir."

„Wir haben doch abgemacht, bestimmte Fragen nicht zu stellen", erwiderte er gereizt.

„Ich wusste es", wiederholte sie. Jeder redete über Pierres Affären. Jeder fand Irina schön. Sie war allerhöchstens… ach was! Aber wehe, wenn *sie* tat, wonach es ihr verlangte, dann gab es das große Drama! Dabei scherte sich ohnehin niemand um sie, im Gegenteil, man mutete ihr allerhand zu.

Christelle verabschiedete sich, nicht ohne noch einmal darauf hinzuweisen, dass sie es sowieso gewusst habe, und legte auf. Sie wählte eine andere Nummer.

„Ich hasse die probenfreien Tage", sagte sie, als Jacques sich meldete. „Ich habe Lust zu sterben."

„Ich auch", sagte Jacques.

„Wie kommst *du* denn darauf?", fragte sie überrascht.

„Ich kann meinen Text nicht, ich weiß nicht, was ich mit meiner Rolle machen soll, ich hätte sie nicht annehmen sollen, ich fühle mich alt und schlecht, verdammte Scheiße alles."

„Aber dein Text ist so viel kürzer als meiner", sagte sie und verspürte Lust aufzulegen. Er soll sich nicht so wichtig machen mit seiner kleinen Rolle!

Sie beendete das Gespräch und wanderte ruhelos durch das Zimmer. Irina duschte nicht mehr. Sie fragte sich, ob sie einen schönen Körper hatte. Wahrscheinlich.

Sie öffnete den Kühlschrank, aber wie nicht anders zu erwarten, war er leer. Sie hatte seit drei Monaten keinen Schluck Alkohol mehr getrunken, sie hatte jeden einzelnen dieser Tage gezählt, die zäh und träge dahintröpfelten und sie manchmal fast in den Wahnsinn trieben. Seit sie nicht mehr trank, schien die Zeit stecken geblieben wie eine alte Schallplatte, die immer wieder dasselbe Wort wiederholte. Der größte Betrug war zu glauben, dass sie sich besser fühlte. Der Alkohol stimmte sie fröhlich, erfinderisch, mutig und leidenschaftlich, und wenn Pierre und Jeremy sie nicht gezwungen hätten, wäre sie nie in diese Klinik gegangen.

Sie griff wieder zum Telefon und versuchte, gelassen zu klingen, als der Hotelportier sich meldete: „Bringen Sie mir bitte Oliven, hören Sie: schwarze Oliven auf mein Zimmer, und ... was noch ... ach ja, ein Glas Champagner ..."

„Madame", antwortete er mit einem ein wenig belehrenden Ton, „ich habe strikte Anweisung, Ihnen keinen Alkohol zu servieren."

„Befolgen Sie immer alles so ... so strikt?", entgegnete sie wütend.

„Selbstverständlich, Madame."

Rastlos nahm sie ihren Rundgang durchs Zimmer wieder auf. Nach einer Weile ging sie zum Fenster und öffnete vorsichtig die Jalousien. Sogleich überschwemmte die Sonne den Raum, und obwohl Christelle die Tage hasste und erst, wenn der Abend hereinbrach, ruhiger wurde, fühlte sie einen jähen Genuss, als die Wärme durch ihren Körper floss, sich ausbreitete und ihn immer mehr zu öffnen schien. Sie schloss die Augen und hielt ihr Gesicht der Sonne entgegen, die sich hinter ihren Lidern nach und nach in rote, blaue, weiße und orange Lichtkreise verwandelte, in denen sie sich mit wachsender Konzentration bewegte, die ihr folgten auf ihren genau vorgeschriebenen, sicheren Wegen, sie schützend einhüllten und als gleißende Projektoren an der Rampe jene Grenze markierten, wo das Licht aufhörte und die Dunkelheit begann, hinter der sie den Atem der Menschen ahnte, die unzähligen Augenpaare, die auf sie gerichtet waren wie ein vielfaches, anderes Licht.

Er zerknüllte das Papier und begann noch einmal auf einem neuen Blatt zu schreiben, dem ein Buch als Unterlage diente. Er lag ausgestreckt auf dem Bett, und es kam ihm vor, als glitte er auf einem Floß durch Sonnenluft, die sich, wenn er die Augen schloss, zu einem flimmernden Nebelmeer verdichtete, zu einer horizontlosen, sich leise bewegenden Fläche, mit aus dem Nichts auftauchenden unförmigen Klumpen wie Eisschollen.

Von irgendwoher drang ein helles monotones Geräusch in sein Bewusstsein, das er allmählich als das immer lauter anschwellende Surren einer Fliege wahrnahm, die gegen die halbgeöffnete Fensterscheibe knallte, von neuem dagegenraste, und als er schließlich die Augen öffnete und dem engen Radius ihres Fluges folgte, versuchte er sich vorzustellen, wie der Schmerz sich beim wiederholten Anprallen gegen die Wände ihres Gefängnisses ins Unerträgliche steigern musste. Warum gibt sie nicht auf, überlegte er und dachte an die dunklen Räume, in die manchmal der Strahl eines künstlichen, genau berechneten Sonnenlichts fiel und in denen er sich wie in einer Kapsel bewegte und das Gefühl von Wärme auf der Haut vergaß, diese Sehnsucht nach draußen, die er mit einem Mal heftiger empfand als vorhin auf der Probe.

Jeremy erhob sich vom Bett und scheuchte die Fliege zum Fenster hinaus. Sein Blick blieb an der Bretterwand auf der gegenüberliegenden Straßenseite hängen, die das riesige Loch verbarg, in dem ein Haus gestanden hatte und herausgerissen worden war wie ein fauler Zahn. Ein neongrünes Plakat kündigte einen Zirkus an. Daneben klebte das Theaterplakat für seine eigene Inszenierung, das die Silhouette eines Mannes zeigte, der in gekrümmter Haltung mit hochgezogenen Schultern gegen einen eisigen Wind anzukämpfen schien. Jeremy starrte auf das Bild, das sich unmerklich zu bewegen begann, und sah sich selbst auf einmal wie in Zeitlupe dem Mann folgen, der sich irgendwohin schleppte, auf ein Licht zu, das er sich einbildete, einer, der die Welt verloren hatte und überleben wollte um jeden Preis, in dieser Ödnis, im unbegreiflichen Nirgendwo. Den der Sturm niederzuwerfen drohte und der sich mit taumelndem Schritt gegen den Tod stemmte, die eigene Vergangenheit und die Liebe, nicht ahnend und vielleicht nicht wissen wollend, dachte Jeremy, dass sie die einzige Möglichkeit bot zu entkommen.

„Du musst dich nur umdrehen", murmelte er.

Das Sonnenlicht schien den schwarzen Mann zu verschlucken, während das Zirkusplakat daneben aufleuchtete in grellem Grün.

Bald würden die Herbstnebel den Blick trüben, bald würde er an einem anderen Ort eine neue Geschichte inszenieren. *Wusstest du,* schrieb Jeremy auf das Blatt, *dass es wenige Happy Ends gibt in meiner Welt,* und dann strich er den Satz wieder durch und schaute auf die beiden Wörter, die oben auf der Seite standen und sich nicht verbinden wollten mit anderen Wörtern: *Liebste Ilaria...* Er war aus der Übung gekommen. Er hatte schon lange keinen Liebesbrief mehr geschrieben, schon gar nicht seiner eigenen Frau. Er wusste nicht, warum es ihm so schwer fiel, Worte zu finden für ihre Geschichte, die auf eine beruhigende Weise über die Jahre selbstverständlich geworden war, und es schien ihm auf einmal, als hätte jede Zeit ihr eigenes Vokabular, das am Beginn der Geschichten ein anderes war als während deren Verlauf, bis dann am bitteren Ende..., aber daran wollte er gar nicht denken.

„Ich sollte weniger Liebesgeschichten inszenieren", dachte er laut und seufzte. Jede schien ihn fortzuführen von der einzigen, wirklichen. Aber warum, überlegte er, sollte sie die einzige sein?

Ich habe nie von etwas anderem erzählt als von den Missverständnissen der Liebe, den Irrwegen des Begehrens, war in der Zeitung als Überschrift zu einem Interview gestanden, das er gegeben hatte. Es war nichts weiter als ein irgendwann achtlos dahingesagter Satz, der nun wie ein Etikett an ihm klebte. Aber, wählte er nicht immer wieder, absichtlich oder unbewusst, die gleichen Geschichten, lauerte nicht hinter all den erfundenen Menschen, die er auf der Bühne mit Leben umgab und denen er, ein bisschen gottgleich, eine Seele einzuhauchen versuchte, sein eigenes Verlangen, litten sie nicht alle unter dem erdrückenden Übermaß an Liebe oder am zehrenden Mangel? Versteckte sich nicht hinter den Frauen, die er sich ausdachte, seine eigene Neugier, die Befremdung, eine Sehnsucht, Ahnung, Angst und Eifersucht, und verstand er es nicht auf jene unerklärliche Weise, losgelöst von den Irrtümern des eigenen Lebens, ihnen allen auf ihren fiktiven Wegen zu folgen?

„Niemand erzählt von den Frauen wie du", hatte Irina gesagt.

„Aber in Wirklichkeit weiß ich doch nichts von ihnen", hatte er geantwortet.

„Eben deshalb", hatte sie gemeint, „es genügt, sie zu lieben."

Ilaria, begann er von neuem zu schreiben, *ich sage es noch immer so gern ganz leise und mit solchem Genuss, Ilaria, so ein Name ist ein Privileg, ist Zärtlichkeit und Melodie...* Sie war in die Ferne gerückt, und seine Überzeugung, dass Abwesenheit und Distanz die Sehnsucht am Leben hielten, kam ihm plötzlich als Trugschluss vor. Die Telefongespräche waren zum Ritual geworden, das nicht hinwegtäuschte darüber, dass sich die Zeit den Kilometern gleich zwischen ihnen ausdehnte und sperrig wurde und spröde wie die immer gleichen Worte, die sie einander wiederholten. Er dachte daran, wie er nach jeder Inszenierung, wenn er in die schwarzen, bodenlosen Tiefen fiel und die Stimme zu überhören versuchte, die ihm zuflüsterte: „Es war das letzte Mal", sich einen Weg zurückbahnen musste zu ihr, die ihn geduldig erwartete, aber jedes Mal stand er anderswo, bewegte sich auf einem neuen Terrain und hatte sich verloren an das verführerische Unbekannte, woher sollte er also die Gewissheit nehmen, dass er immer wieder zurückfand zu ihr? *Ich liebe dich,* schrieb er schnell und strich es wieder durch.

Wenn du hier wärst, begann er noch einmal, *hätte ich jetzt eine andere Geschichte an diesem Ort, könnte mein Leben fortsetzen auch außerhalb dieser geschlossenen vier Wände. Kaum trete ich abends aus dem Theater, überfällt mich die Sinnlosigkeit, werde ich zum Niemand in diesen unbekannten Straßen und Hotels, bedeutungslos. Verstehst du, ich habe einfach verlernt, mir selbst überlassen zu sein an diesen fremden Orten,* an denen man keine Gefühle, keine Anhaltspunkte und auch keine Sprache außerhalb des Theaters findet. *Aber nein,* schrieb er weiter, *nimm meine schwere Laune nicht zu ernst.* Sie würde ins nächste Flugzeug steigen und im Hotel vor seiner Zimmertür stehen mit diesem erwartungsvoll lächelnden, offenen Gesicht, und wie sollte er ihr dann erklären, was sie doch wissen müsste, dass er niemanden und nichts vermisste, wenn er arbeitete.

Ich vermisse dich, aber hast nicht du mir selbst gesagt, du habest begriffen, dass ich niemals an Orte reise, sondern nur in die Geschichten, und dass es keinen Platz darin gebe für dich und uns? Wenn ich jetzt in Florenz wäre, in Wien oder Rom, würde ich unweigerlich denken, wie kann man diese Schönheit allein leben, es täte weh. Aber hier, an diesem hässlichen Ort, noch dazu in der tiefsten Provinz, gibt es nichts zu teilen. Das hilft mir, die Trauer zu ertragen, dass du ferne bist... Warum ich nicht im Theater bin, höre ich dich fragen... Jeremy strich den letzten Satz wieder durch, sie würde sogleich Verdacht schöpfen. *Die Probe heute war ein Desaster, die Schauspieler agierten leblos und ohne Emotionen, als hätte dieses Schattenreich, in dem sie sich bewegen, alle infiziert, als wäre der Winter, in dem das Stück spielt, als wären Eis und Kälte ihnen unter die Haut gekrochen bis ins Blut.*

Er hatte an das Licht draußen gedacht, das ihn plötzlich an all die Versäumnisse des Sommers erinnerte, während er Beatrice beobachtete, die ihren Kopf wieder und wieder gegen die Wand des Bühnenbildes schlug. Dumpf und hart war das Geräusch in seinen Körper gefallen, und Irina hatte neben ihm geflüstert: „Du musst sie unterbrechen."

„Lass nur", hatte er gesagt und zu Christelle geschaut, die verträumt durch den Raum schwebte, in Wirklichkeit aber ihren Text nicht beherrschte – ihm konnte sie nichts vormachen – und Zeit zu gewinnen versuchte. Marcel hatte kalt und unbeteiligt seine Worte ins Nirgendwo geschleudert, und Jacques, der ein paar Reihen vor Jeremy im Zuschauerraum saß und auf seinen Auftritt wartete, war eingeschlafen, wie sich an seiner Haltung erkennen ließ.

Du weißt, ich leide dann unter dem Gefühl, es habe mit mir zu tun. Es ist mir nicht gelungen, sie mitzunehmen auf diese Reise in den Winter hinein.

„Wir beenden die Probe für heute", hatte er plötzlich mit

lauter Stimme gerufen und fasziniert beobachtet, wie das Leben von irgendwoher in diese leidenschaftslosen Gestalten auf der Bühne zurückkehrte. Sie hatten ihn überrascht und verunsichert angesehen und waren an die Rampe gekommen.

„Ich bemühe mich um den Schmerz", hatte Beatrice empört gesagt, „und du bemerkst es nicht einmal."

„Ich habe es gehört", hatte er erwidert, „du mutest dem Bühnenbild einiges zu."

Jacques, der aufgewacht war, klappte geräuschvoll und mit einem Seufzer der Erleichterung sein Textbuch zu.

„Wir können uns nicht leisten, auf diese Probe zu verzichten", hatte Marcel gesagt.

„Auf diese ja", hatte Jeremy geantwortet.

Christelle war wie ein junges Mädchen von der Bühne heruntergesprungen und im Zuschauerraum auf ihn zugeeilt. „Du bist mir doch nicht böse", sagte sie atemlos.

„Ich habe mich gelangweilt", sagte er, „wie ihr euch da oben übrigens auch."

„Ich habe heute Nacht kein Auge zugetan."

„Du hättest die Zeit zum Textlernen verwenden können."

„Warum überwindest du nicht deinen Stolz oder deine Prinzipien und lässt mich mit dem Textbuch in der Hand probieren?"

„Weil es uninspirierend ist für mich."

„Aber ich spiele so, dass..., ich schwöre dir, du bemerkst es gar nicht."

Marcel stand noch immer auf der Bühne, und sein Blick schweifte über die Stuhlreihen. „Irina kann die Szene noch einmal mit uns durchgehen", sagte er. Irina hatte ihren Kopf langsam zu Marcel gedreht, sie hatten sich schweigend angesehen, es war nur ein flüchtiger Blick gewesen, aber er war Jeremy nicht entgangen.

„Irina kommt mit mir", hatte Jeremy geantwortet. Er bemerkte, dass Marcel zögerte, bevor er in die Kulissen verschwand. Als Jeremy und Irina den Zuschauerraum verließen, hatte Christelle sich ihnen in den Weg gestellt. „Es hat mit dem Mond zu tun", hatte sie gesagt, und ein Leuchten schien ihr Gesicht zu erhellen. „Wie konnte ich es nur vergessen: Heute ist Vollmond..."

Tut mir Leid, Ilaria, jetzt habe ich wieder nur vom Theater geredet. Er hätte ihr gerne mehr von diesem Tag erzählt, der sich plötzlich von den anderen unterschied, etwas zum Stocken und dann zum Stillstand brachte, aber wie ließen sich die kleinen Störungen und Verstimmungen einer Theaterprobe vermitteln, wenn man weit außerhalb eines Kreislaufs stand, der seinem Gesetz folgend immer wieder und immer nur in sich selbst zurückfloss. Die scheinbare Irritation, ein haarfeiner Riss im Gefüge, die winzige Verschiebung, ein nicht gesagtes Wort oder eines zu viel, eine ertappte Geste..., diese beinahe herbeigesehnte Unruhe, damit man die Dinge wieder anders sehen, einen neuen Blick auf sie werfen konnte..., das alles, fuhr es ihm durch den Sinn, würde auch seiner Ehe nicht schaden.

Nicht zum ersten Mal fragte er sich, ob er Ilaria womöglich geheiratet hatte, weil sie ihm mit einer ganz anderen Geschichte begegnet war und außerhalb dieser geschlossenen Welt des Theaters lebte. Aber ich teile doch mein ganzes Leben mit ihr, dachte er, oder ... glaubt sie es ... will ich es ... scheint es nur so? Warum schreibe ich ihr nicht, dass ich sie liebe? Sie wartete auf diesen Satz, so wie er zögerte, ihn zu schreiben.

Er legte den Brief beiseite und erhob sich vom Bett. Er setzte sich an den Tisch vor dem Fenster, auf dem das Modell des Bühnenbildes stand. Er bewegte es so lange auf der Tischplatte hin und her, bis durch die Öffnung, die in die

Rückwand des Kartons geschnitten war, ein Sonnenfaden floss. Dann stellte er die Pappfiguren, die umgestürzt waren, in dem kleinen Raum des Modells wieder auf, platzierte sie in verschiedenen Achsen und probierte alle Konstellationen, die ihm einfielen, zwischen den Figuren aus. Was ist das für ein Beruf, dachte er, der mich den anderen immer nur sagen lässt, was sie zu tun haben, wo es mir doch gar nicht um Macht geht und diesen ganzen Unsinn: Ich erzähle nur nach. Vielleicht sollte ich nach dieser Inszenierung etwas ganz anderes tun, einen Film drehen, einen Roman schreiben, Bäume pflanzen, ein Risiko eingehen, mein Leben ändern, wieder einmal so richtig und leidenschaftlich ...

Er starrte zum Fenster hinaus, und sein Blick blieb an dem Zirkusplakat hängen. Wenn du hier wärst, schrieb er seinen Brief an Ilaria in Gedanken weiter, könnte ich mit den Kindern heute Nachmittag in den Zirkus gehen. Du sagst, Myriam mag das Theater nicht, weil es ihr den Vater wegnimmt. Und ich dachte immer, alle kleinen Mädchen wollen Schauspielerinnen werden, sich verkleiden und im Licht der Bühne stehen. Myriam war noch nicht so alt wie Maude damals, als er, selbst noch ein Junge, qualvolle Stunden lang deren schmalen Rücken in der Schulbank vor sich studiert hatte – ihre Halswirbel, wenn sie den Nacken vorbeugte beim Schreiben, die zarten Schulterblätter, über die die Träger ihres Kleides liefen, und das Rückgrat, das sich durch den Stoff abzeichnete – und mit Blicken beinahe durchbohrt zu der undeutlichen Vorstellung von ihren Brüsten hin, als könnte er sich von innen in die noch unkenntliche Wölbung schmiegen wie in kleine Höhlen. Ihre Haut war durchsichtig wie hingehauchter Atem, er war ganz sicher damals, dass sie süß schmeckte, und hätte alles dafür gegeben, sie mit seinen Lippen zu berühren. Wie oft hatte er seine Hand in Richtung dieses dunklen Zopfes bewegt, den er umschließen wollte und ihren Kopf damit zurückbiegen, um endlich ihre Augen zu einem Blick zu zwingen. Eines Tages kam ihm schließlich der rettende Gedanke: „Ich mache einen Star aus dir", hatte er ihr feierlich und ein bisschen von oben herab erklärt, und den kleinen Moment abgewartet, in dem ihm ein bislang unbekanntes Gefühl der Befriedigung durchs Herz galoppierte, als er in ihren abwägenden Augen die Neugier entdeckte und diesen heimlichen Traum, dem er schmeichelte, bevor er ihr sein erstes, selbst verfasstes Stück überreichte. Sie gestattete ihm endlich, dass er ihr nahe kam, wenn er mit ihr probte, ihren Arm hielt und ihren Körper umschloss, während sie mit ungelenken Gesten, die er ihr vorschrieb, seine nicht weniger unbeholfenen Sätze begleitete. Sie gehorchte ihm voller Bewunderung, lieferte sich seinen Anweisungen aus, und an ihrem Blick entdeckte er, dass sie ihn und niemand anderen meinte.

Maude war mehr als eine erste Liebe gewesen. Er glaubte, dass er damals und wegen ihr begonnen hatte, vom Theater zu träumen, vielleicht weil er begriff, dass es irgendwie mit Liebe zu tun hatte. Er wollte von Maude geliebt werden und später von anderen. Selbst zu lieben …, aber das war noch einmal …, darum ging es hier nicht.

Jeremy stellte das Bühnenbildmodell auf einen Stuhl in die Ecke des Zimmers, wanderte unruhig auf und ab, setzte sich wieder an den Schreibtisch und wählte Irinas Nummer.

„Magst du nicht herüberkommen zu mir?", fragte er in ihr dunkles, ein wenig zögerliches „Hallo" hinein.

„Ich wollte hinaus", sagte sie, „und durch den Ort streifen."

„Wir sollten noch ein bisschen arbeiten."

„Alles ist vorbereitet für morgen."

„Einfach ein bisschen miteinander reden, seit Tagen haben wir das nicht mehr getan."

„Jeremy…", sie seufzte.
„Rechne mir nicht immer die Zeit vor", sagte er.
„Als wäre meine Zeit noch meine Zeit."
„Sei nicht so pathetisch."
Jeremy klemmte den Hörer zwischen Kinn und Schulter und öffnete seinen Computer, der einen leisen, blechernen Seufzer ausstieß. Er tippte ein paar Wörter. „Hast du einen Liebhaber hier?", fragte er.
„Woher soll ich die Zeit für einen Liebhaber nehmen?"
„Ich hasse diese unerotischen Produktionen."
„Könntest du so freundlich sein und aufhören, auf dem Computer herumzutippen, während du mit mir sprichst?"
„Ich wollte nur schnell den Brief für Ilaria…, übrigens, kennst du das: diese Blockade, wenn man mit der Hand schreibt?"
„Ich schreibe schon lange nicht mehr. Ich hinterlasse nur mehr meine Stimme…"
„Kennst du das", fragte er wieder, „wenn man sehr tief drinnen steckt in einer Produktion und niemanden und nichts mehr begehren kann, was außerhalb steht?"
Irina zögerte. „Ja", sagte sie dann.
Es liegt daran, tippte er in den Computer, *dass mein Herz und mein Kopf woanders sind jetzt. Es ist nicht so, dass ich Ilaria weniger liebe. Eher so, als müsste ich jetzt Christelle und Beatrice und auch Irina mehr lieben als sie.*
„Irina?"
„Ja."
„Komm doch herüber."
„Ich denke, du schreibst einen Brief?"
„Das kann warten."
Er sollte wieder einmal mit Ilaria schlafen, dachte er, anstatt ihr Briefe zu schreiben.

Schritte kamen von irgendwoher, leicht, schnell, wurden lauter, waren ganz nahe und entfernten sich, schnell, leicht, im Leiserwerden verstohlen beinahe. Beatrice stürzte zur Tür und riss sie auf. Vor dem Lift stand Irina und drückte ungeduldig auf zwei verschiedene Knöpfe, wie jemand, der um jeden Preis entkommen will, obwohl Beatrice, als sie sich umschaute, nur den leeren Gang mit seiner Flucht von verschlossenen Türen sah.

„Irina", rief sie, aber die andere reagierte nicht, und im selben Augenblick schob sich lautlos eine Wand zur Seite. Beatrice erreichte den Lift gerade noch rechtzeitig, um die sich hinter Irina schließende Tür anzuhalten. Sie legte ihr eine Hand auf die Schulter. Irina zuckte zusammen, und während sie sich umdrehte, nahm sie den Kopfhörer ihres Walkman ab, der sich in ihren Haaren verfing.

„Lass mich das machen", sagte Beatrice und zupfte an Irinas Haaren, aber dann zog sie ihre Hand zurück. Sie lächelte unsicher. „Bist du gerade am Weggehen?"

„Ich dachte eigentlich", sagte Irina, „dass ich die Letzte bin, die noch im Hotel ist, aber dann hörte ich Christelle telefonieren, und Jeremy hat mich mittlerweile viermal angerufen." Sie sah Beatrice an, schien sie erst jetzt richtig wahrzunehmen: „Komm doch mit mir hinaus, wir vergeuden hier die Zeit, es ist schon so spät." Sie wirkte nervös.

Sie läuft vor uns davon, fuhr es Beatrice durch den Sinn, und es erschien ihr sonderbar. „Ich weiß nicht", sagte sie, „ich konzentriere mich lieber auf morgen."

„Aber morgen bist du wieder eingeschlossen", entgegnete Irina.

„Ich gehe immer nachts hinaus oder früh am Morgen, wenn die anderen noch schlafen. Außerdem spielt das Stück doch im Winter."

„Was hat das denn damit zu tun", fragte Irina.

Das kann sie nicht verstehen, dachte Beatrice, sie lebt ja nicht in den Geschichten wie wir, aber sie sagte nur: „Was willst du denn sehen in dieser hässlichen Stadt?" Sie hatte noch nicht einmal ein Kino gefunden, aber sie bewegte sich auch nur in einem präzise abgegrenzten Bereich, hielt die Abfolge der Straßen und Kreuzungen genau ein und die Anzahl der Ampeln rechts, rechts und links und noch einmal rechts, als gäbe es keine anderen Straßen an diesen fremden Orten, die sie verwirrten und ihre Gedanken störten, nur diesen einen Weg, der sie zum Theater führte und von dem sie nicht abkommen durfte.

„Ein Zirkus gastiert gerade hier", sagte Irina.

„Das wäre vielleicht eine Idee …" Beatrice schaute durch sie hindurch. Irgendwo in ihrem Körper zersprang ein leiser Klang. Fliegen und die Luft zerschneiden, Schlitze in sie reißen, hinter denen andere Bilder schillerten, durchgespannt und schwerelos hinauffliegen, durch das Gestänge der Kuppel hindurch in die Sterne hinein, und nichts konnte schief gehen, denn das Trapez war gespannt. Sie richtete die Augen wieder auf Irina und sagte schnell: „Schenk mir fünf Minuten, nur einen kleinen Moment, ich weiß, du hast nicht viel Zeit, aber es dauert nur ganz kurz, wirklich…"

„Ist ja okay", sagte Irina. Etwas klopfte in ihren Schläfen wie das enervierende Ticktack einer Uhr, und draußen war das Licht, das auf niemanden wartete.

„Komm schnell in mein Zimmer", sagte Beatrice, „ich habe Tee bestellt." Sie lief vor Irina barfuß in ihren Strümpfen über den Flur und sie fühlte, wie Irina in ihrem Rücken widerwillig folgte. Ich weiß nichts von ihr, dachte sie, und der Gedanke war ihr unheimlich, dass Irina so viel erfahren hatte über sie und die anderen in den langen Wochen der Proben.

Die Vorhänge waren halb zugezogen. Der eingeschaltete Fernseher streute ein schwaches, blau gefärbtes Licht in den schmalen Streifen, der sich vom Fenster zur Tür zog und in dem die Gegenstände wie von innen heraus leuchtende und intensivere Farben hatten als der Rest des schattigen Raumes.

Irina war vor dem Fernseher stehen geblieben und starrte in das tonlose Bild.

„Ich lasse ihn immer laufen", sagte Beatrice, „aber ich kann den Lärm nicht ertragen. Ich beobachte die Leute."

„Warum gehst du nicht hinaus auf die Straße?"

„Warum soll ich hinausgehen, wenn ich alles hier herinnen haben kann? Die ganze Welt!" Beatrice zündete sich eine Zigarette an. „Ich brauche nicht wirklich Gesellschaft, nur so ein Gefühl davon. Aber setz dich doch bitte, du kannst einen wirklich nervös machen, wenn du so herumstehst. Hast du Hunger?" Bevor Irina antworten konnte, fügte sie hinzu: „Was für eine Frage", und lachte kurz auf, „ich habe ja nichts hier."

„Ich weiß", sagte Irina.

Beatrice musterte sie verstohlen. Irina hatte es also bemerkt..., aber lieber wollte sie sterben, als dass jemand sie zwingen konnte, sich vollzustopfen mit all diesen Dingen, die wie sperrige Gegenstände in ihren Körper eindrangen, einen Ekel in ihr erzeugten und an dieses Gefühl von Gehorsam erinnerten, das man ihnen als Kinder eingehämmert hatte, iss deinen Teller auf, damit du groß und stark wirst, nein, sie würde ihn nie mehr aufessen, nur manchmal, heimlich, wenn es niemand sah, aber danach musste sie sich bestrafen für diesen Verrat an sich selbst.

„Irina, ich wollte dir erzählen, ich meine, ich glaube, ich..., ich kann hier nicht mehr bleiben."

Als Irina sie ruhig und abwartend ansah, machte sie einen hastigen Zug an der Zigarette. „Ich finde es nicht mehr, weißt du, was das bedeutet, es ist mir verloren gegangen."

„Was findest du nicht mehr?"

„Die Abwesenheit", sagte Beatrice und schnippte die kaum vorhandene Asche am glühenden Ende der Zigarette auf einen Teller. „Die Abwesenheit von mir selbst. Wenn ich beispielsweise diesen Arm hier bewege", sie klemmte die Zigarette zwischen ihre Lippen und führte eine langsame Geste nicht zu Ende, „dann darf nicht ich es sein, die diesen Arm bewegt, verstehst du, nicht ich, sondern etwas in mir muss es geschehen lassen, etwas, das anderswo ist, außerhalb meines bewussten Ichs." Sie stieß einen Schwall Rauch aus ihren Lungen. „Ich muss in dieser Abwesenheit auf die Bühne gehen…", mein Gott, das konnte doch nicht so kompliziert sein, Irina sah sie nur verständnislos an, keine Ahnung hatte sie, wirklich keine Ahnung, „in der Abwesenheit meines wollenden, bestimmenden Ichs, es dreht sich um die Ausschaltung der eigenen Person." Sie tippte wieder auf die Zigarette, und diesmal fielen kleine Aschebrösel auf den Teppich. „Ich selbst darf nicht mehr existieren, ich betrete einen Ort, wo das Ich verschwinden muss hinter dem Es, es muss eine Enteignung stattfinden, eine Loslösung von sich selbst."

Sie schloss einen Moment lang die Augen, weil die eigenen Worte unerträglich widerhallten in ihrem Kopf. „Ich weiß nicht, ob du mir folgen kannst", fuhr sie fort, „aber ich kann die Bühne nicht betreten, wenn sie nicht mehr ein Ort der Abwesenheit ist. Verstehst du, ich empfinde nichts mehr, ich mache alles bewusst." Früher hatte sie sich forttragen lassen, weit fort in unbehauste Gegenden mit diesen Sätzen, die nicht ihre eigenen waren und die in ihrem Körper lebten wie eine zweite, wirklichere Welt, die konnte sie aufnehmen in sich und schlucken und verdauen, jedes andere Leben war richtiger und – sogar wenn es jämmerlich und elend war – begehrenswerter und einfacher zu leben als das eigene. „Und dann", fuhr Beatrice fort, „dann sagt Jeremy zu mir, du hast keine Technik, wo ich doch die Dinge leben kann, wenn man mich nur lässt." Sie hielt erschöpft inne und drückte die Zigarette in dem Teller aus. Mit fahrigen Händen zog sie eine neue aus der Schachtel, die sie einige Male vergeblich anzuzünden versuchte.

„Jeremy verlangt nichts weiter von dir", entgegnete Irina, „als dass du die Dinge wiederholst und wiederfindest, die Gefühle, die du empfunden hast, wiederherstellst."

„Aber ich fühle sie eben jeden Tag anders."

„Du spielst mit anderen", sagte Irina. „Du stehst nicht allein auf der Bühne."

Beatrice sah sie zweifelnd an. „Komisch", sagte sie und musste auf einmal lächeln, „es ist mir nie aufgefallen, aber tatsächlich hat man mir immer Rollen mit Monologen angeboten. Trotzdem", fuhr sie nach einem heftigen Zug an der Zigarette fort, „Jeremy versteht mich nicht, ich verstehe nicht, was er von mir will, und am Ende verstehe ich sogar den Text nicht mehr. Ich habe nie so gearbeitet wie ihr, so... so versessen auf Technik... Ich glaube, ich sollte raus aus dem Vertrag und abreisen." Sie wartete, aber Irina schien es nicht einmal der Mühe wert zu finden, einen Protest zu äußern, also sagte sie: „Jeremy spricht chinesisch für mich."

Irina lächelte. „Er sagt das Gleiche von dir."

„Was sagt er?", fragte Beatrice überrascht.

„Er sagt, du sprichst chinesisch für ihn." Irina musste lachen.

Beatrice schwieg und drückte die halb angerauchte Zigarette aus. „Er sagt Sätze, die ich nicht begreife und die zwischen mir und der Figur stehen. Ich bin abgeschnitten von ihr."

„Hab doch einfach Vertrauen, er wird dich auffangen."

„Auffangen, auffangen, du hast vielleicht Ideen", stieß Beatrice erregt, fast grob hervor, fügte aber sogleich versöhnlich hinzu: „Ich habe das nie gekannt." Sie schaute an Irina vorbei. „Er liebt schöne Frauen, nicht wahr?"

„Ja", sagte Irina.

„Glaubst du, er kann mich schön finden?"

„Es hängt auch von dir ab."

Beatrice betrachtete sie erstaunt und fragte sich, ob Irina jemals schrie und tobte und elend war und unbeherrscht. „Wie schaffst du das nur alles", fragte sie.

„Du bist der erste Mensch am Theater", sagte Irina, „der mir diese Frage stellt." Und nach einer Pause: „Ich höre euch zu."

„Das mag ich auch so an dir", Beatrice klopfte wieder eine Zigarette aus der Packung, sie wollte jetzt nicht das Thema wechseln, wollte Irina zuvorkommen, falls diese nun vorhatte, wie es schien, von sich zu erzählen. „Du weißt sicher", sagte sie schnell, und ihre Stimme klang nervös, „dass meine Mutter weggegangen ist, als ich sechs Jahre alt war. Sie sagte Auf Wiedersehen, so wie man es sagt, wenn man gleich wiederkommt, und dann war sie weg, und mein Vater, meine Schwester und ich haben sie jahrelang nicht mehr gesehen. Sie hatte sich verliebt, einfach weg war sie. Kannst du dir vorstellen, mit welchem Gefühl man lebt, wenn man nicht mehr existiert für den Menschen, der einen zur Welt gebracht hat? Es gab uns nicht mehr, meine Schwester und mich, von einer Minute zur nächsten. Auf Wiedersehen, und das war's. Gerade hältst du noch etwas in der Hand und schon landet es im Abfall. Und weißt du, wo ich sie das nächste Mal wiedergesehen habe? Im Supermarkt. Da stand eine Frau und suchte etwas in einem Regal, sie hielt die Schachtel, die sie gerade herausgezogen hatte, ein bisschen von sich mit gestrecktem Arm, um den Preis besser lesen zu können, und dann nahm sie eine andere Schachtel aus dem Fach darunter und verglich die Preise, das war meine Mutter, zehn Jahre später." Und sie erinnerte sich, wie plötzlich alles unbedeutend geworden war, die Verletzungen, der Schmerz, der über die Jahre gewuchert und sich in unzähligen Verästelungen an sämtlichen Organen verhakt hatte, sie war wie in Flammen gestanden von der heißen Zärtlichkeit, die ihren Körper überschwemmte, als sie diese Frau betrachtete, die ihre Mutter war und die so dringend eine Lesebrille brauchte. „Sie hat mich nicht gleich erkannt, und dann sagte sie mit einem freundlichen Lächeln: Ich darf das Dessert nicht vergessen."

„Ich wusste das nicht", sagte Irina.

„Komisch", erwiderte Beatrice, „jeder scheint es zu wissen. Ich bin die, deren Mutter abgehauen ist." Zuerst hatte ihre Mutter sie verlassen und dann, im Laufe der Jahre, war sie diejenige geworden, die von ihrer Mutter verlassen worden war, und die würde sie ihr ganzes Leben lang bleiben, nein, sie wollte nichts mehr wissen von ihrer Mutter, ihr Dessert konnte sie alleine essen.

„Für mich warst du das nie", sagte Irina, „ich wusste es nicht."

Beatrice lächelte. „Tut mir Leid, aber ich glaube es dir nicht." Sie blickte auf die Zigarette, die in dem Teller inzwischen zu Asche zerfallen war. Es war ihre letzte gewesen. Sie schaute zum Fernseher und drehte ihren Kopf wieder weg. Werbungen sah sie sich nie mehr an. „Wo ist der Zirkus?"

„Ich weiß nicht, aber nichts ist schwer zu finden hier." Irina erhob sich. „Ich werde jetzt gehen."

Beatrice war ebenfalls aufgestanden. „Noch eine Sekunde, Irina, was rede ich denn dauernd, ich wollte dich doch etwas bitten, versteh mich nicht falsch." Fliegen, auch wenn die Flügel zerrissen waren, sich endlich wieder lösen von sich selbst und sich die Seele verbrennen, sie würde alles geben dafür, im Schwindel zu leben, an dieser äußersten Grenze, sie wollte nicht verzichten darauf.

„Sag schon", sagte Irina und setzte ihre Sonnenbrille auf.

„Seit ich nicht mehr das Zeug nehme", sagte Beatrice, „ich meine, seit ich clean bin..." Sie wusste nicht, wie sie es erklären sollte. Irina hatte sich hinter ihrer Sonnenbrille versteckt, und Beatrice trommelte mit den Fingern auf die leere Zigarettenschachtel, nahm sie in die Hand und zerdrückte sie. „Verstehst du, ich kann doch nicht immer stundenlang und die halbe Nacht hindurch im Kreis laufen, nur um endlich ein bisschen erschöpft zu sein, ich finde diesen Zustand nicht mehr, du ahnst nicht, was das bedeutet..."

„Aber ich habe dir doch gesagt", unterbrach sie Irina, „das Beste wäre, du sprichst mit Jeremy und arbeitest einmal eine ganze Probe mit ihm allein."

„Nein, das meine ich nicht." Beatrice wartete einen Augenblick, bevor sie hastig sagte: „Ich habe schon alles vorbereitet." Sie lief ins Badezimmer und kam mit ein paar Nadeln und einer Glasphiole zurück. „Es ist gar nicht schwierig, ich meine, du musst nur in die Vene stechen."

„Was soll ich machen?"

„Himmel, sei doch nicht so begriffsstutzig! Du weißt doch, wie man Blut abnimmt." Beatrice schob den Ärmel ihres Pullovers hoch.

„Es gibt doch einen Theaterarzt", sagte Irina, „warum ich, ich meine, wenn du willst, kann ich dir einen Termin vereinbaren..."

„Verdammt, Irina", Beatrice konnte sich kaum mehr beherrschen, „ich brauche keinen Arzt, begreifst du es denn nicht, ich brauche dich."

„Aber ich versteh nicht..."

„Ich möchte einfach weniger Blut haben, das ist alles. Ich würde es auch selber machen, aber ich kann kein Blut sehen. Übrigens musst du mich nicht so entgeistert anschauen."

„Du weißt überhaupt nicht", fuhr Irina sie an und ließ sich wieder in den Sessel fallen, „wie ich dich anschaue hinter meinen Sonnenbrillen."

Sie schwiegen beide, saßen eine Weile reglos da, bis Irina sich schließlich zurücklehnte und mit dem Handrücken über die Stirne wischte: „Sag einmal, seid ihr denn alle übergeschnappt?"

„Wirf nicht immer alles in einen Topf", erwiderte Beatrice heftig. „Ich hätte es einfach gerne."

„Versprich mir nur eines: dass du niemals Christelle darum bittest, die ist imstande, es dir nachzumachen. Und sag es auch nie Jeremy."

„Du musst dich nicht gleich so aufregen", sagte Beatrice und legte die Nadeln und das Glasröhrchen auf den Tisch. Dann ging sie zum Fenster und zog den Vorhang ein bisschen zur Seite. Die Sonne stand haarbreit über den Dächern, und es kam Beatrice vor, als müsste sie in wenigen Sekunden, wenn sie an die Ecken und Kanten der Giebel stieß, in dieses Häusermeer hinein zerbersten.

Sie setzte sich auf das Fensterbrett. „Eine schäbige kleine Stadt", sagte sie, „man sollte gar nicht hinaussehen." Sie drehte sich zu Irina. „Glaubst du, dass wir hier überhaupt ein Publikum haben?"

„Ein besseres wahrscheinlich als in Paris", sagte Irina und kam zu Beatrice ans Fenster.

Das Licht, das aus dem Bildschirm floss, hatte sich durchgesetzt gegen das Licht von draußen und verlieh dem Raum einen diffusen weißblauen Schimmer. Die Sonne zitterte jetzt an den Rändern und ließ die Gleise, die in einen nahen Bahnhof mündeten, aufflammen wie goldene Schnüre am Horizont.

„Ich mag Bahnhöfe", sagte Irina, „da weiß man, dass man wieder wegkommt eines Tages."

Beatrice streifte sie mit einem schnellen Blick. Jetzt würde ich gerne ihre Augen sehen, dachte sie.

Als er versuchte, den Theatervorhang zu öffnen, war es ihm, als würde er wie vorhin hinter sich ein Stimmengewirr hören, ein quälendes Wehgeheul, wie in Fetzen gerissen von kurzen Schluchzern, dann ein leises Klatschen, in das immer mehr Hände einfielen und aus dem sich in monotonem Singsang die Silben seines Namens schälten wie ein neu einsetzendes Instrument, das plötzlich den Takt angab, begleitet vom fernen Scheppern eines Schlagzeugs.

Marcel hatte sich langsam umgedreht, und es war ihm vorgekommen, als würde er durch ein Zauberrohr blicken, an dessen Ende ein hin- und herflirrendes Sammelsurium leuchtender Flächen und Kreise zusammenschmolz, sogleich wieder auseinanderbrach in vielfarbige Teilchen, die dahintrieben, sich wie Sonnen vor Monde schoben und erneut ineinanderflossen zu immer anderen Mustern oder sich verhakten in jäh aufblitzenden Gebilden. Aus dem Pulk miteinander verschlungener Körper und ihren auf und ab tanzenden grell geschminkten Gesichtern löste sich der jammernde Clown, begann in der Manege ein Rad nach dem anderen zu schlagen – Arme und Beine immer schneller sich drehende Speichen eines löchrigen Reifens. Ihm folgten nach und nach deutlicher erkennbare Gestalten, aber die Welt war auf den Kopf gefallen, die Gesetze der Schwerkraft waren aufgehoben. Ein trommelnder Zwerg ging auf Händen, ein silbernes Mädchen, dessen Körper sich wie eine Schlange um einen Stab wand, flog als züngelnder Kreisel über den Sand. Plötzlich sprühten die Körper der Menschen auseinander, prallten erneut aufeinander, um sich schließlich zu einer Parade zu formen, die ihn einkreiste und lachend und singend an ihm vorbeimarschierte. Hie und da spritzten oszillierende

Kegel hoch wie Kometen, und stängelgleiche Arme, die zu keinem Körper gehörten, warfen Kusshände durch die Luft. Er hatte sich dankend verbeugt und zurückgewinkt, den schweren Vorhang zur Seite geschoben, und ein breiter Sonnenstrahl hatte sich über dem Rund der Bänke in flimmernde Sprengsel aus Licht und Staub zersetzt.

Jetzt blickte er auf die leeren Stuhlreihen, und nach der verwirrenden Buntheit der Zirkusprobe, die er eben verlassen hatte, kam ihm der dunkle Theatersaal vor wie eine Ernüchterung. Gaukler sind wir, dachte er, und der vergänglichsten aller Künste verfallen.

Im Schlussapplaus fand der Zauber jedes Mal sein Ende, und auch wenn die Menschen, die aus dem Theater strömten, die Geschichten mitnahmen, würden sie sie doch bald vergessen, wenn sie zurückkehrten in ihr Leben da draußen. Was übrig blieb? Ein paar Sätze, Bewegungen, ein Gesicht, nahe herangezogen durch das Glas und für ein paar Augenblicke vergrößert darin Liebe, Seligkeit, Schmerz, die nachgestellten Gefühle. Eine Atmosphäre vielleicht, die sich einprägte und mit der Zeit verwandelte, überlagert wurde von anderem und dann verloren ging, um irgendwann einmal, er versuchte daran zu glauben, als fernes Echo im Bewusstsein widerzuhallen. Niemals, dachte er, konnte jedoch der Fremde, sein Zuschauer, für den er alles gab, zurückkehren hierher, so wie er ein Bild öfter betrachtete oder ein Buch aufschlug, immer wieder dasselbe, und die gewünschte Seite stets fand.

Ich besitze kein *Werk*, dachte Marcel, habe allerhöchstens ein paar vergängliche Augenblicke geschaffen, in all den Jahren nur Gefühle in die Zeit gedrückt wie Tritte in den Sand. Sein Blick streifte den Saal, und auf einmal sah er sich wieder in den Straßen von Paris, ein junger Schauspieler ohne Engagement, der mit selbst geschriebenen Sketchen und einem geliehenen Hund als Partner sein Publikum finden wollte, aber die Leute, die stehen blieben, lachten fast nie. Bis er eines Tages bemerkte, dass sie allesamt Reisende waren und seiner Sprache nicht kundig. Danach verwandelte er sich in den stummen melancholischen Clown, der sein wahres Gesicht hinter der weißen Maske verbarg, festgefroren unter der kleinen Träne, die ein Rinnsal seine Wange hinabzog.

Damals, unter freiem Himmel, hatte er nie vergessen, jene Linie auf den Boden zu malen, die er sich als Rampe vorstellte, wenn er von den Räumen phantasierte, die vor ihm verschlossen blieben.

Er sei viele Risiken eingegangen, hatte viele Jahre später, da war er längst berühmt, eine Journalistin zu ihm gesagt. Das ist nicht wahr, hatte er geantwortet. Aber Ihre Rollen sind immer extrem, hatte sie erwidert, deren Wahl ein Risiko. Warum hätte er ihr erklären sollen, dass das wirkliche und einzige Risiko seines Lebens gewesen war, über Jahre an einem schier unerreichbaren Traum festzuhalten, ihm beharrlich, kompromisslos und nicht ohne Härte allem anderen gegenüber Vorrang zu gewähren, da draußen auf den Straßen und Plätzen standhaft zu bleiben in seiner Sehnsucht nach jenen verschlossenen Räumen, in denen es ein Oben und Unten gab, eine Dunkelheit und eine Linie, hinter der ein anderes Licht begann.

Danach, als ihm endlich Eintritt gewährt wurde, hatte er nichts anderes getan als mit Gefühlen zu jonglieren, sie nachzuzeichnen und zu verwandeln. Er war in tausend Leben hineingegangen mit einer seltsamen Lust, hatte geliebt, begehrt, verloren, gewagt, eine ganze Skala an verschütteten Gefühlen ausprobiert, er musste nicht satt werden am Leben, weil es sich ständig neu und gefährlich betörend offenbarte, und auch wenn es in Momenten bitterer Ernst war, blieb es dennoch immer nur ein Spiel. Nein, er war kein Risiko eingegangen, obwohl er Angst hatte, lähmendes Lampenfieber wie alle anderen auch, die sich preisgaben den Augen von Dritten, aber er war süchtig geworden danach, Hülle um Hülle abzustreifen vor den Blicken der Fremden.

Ich habe Glück gehabt, hatte er der Journalistin geantwortet, und das Privileg, zu leben wie ein Kind, ein ganzes Leben lang. Ob das nicht ein Alibi sei, hatte sie gefragt, Kinder seien grausam, aber er hatte sie mit einem kalten Blick gemustert, und sie hatte sich beeilt hinzuzufügen: und unschuldig...

Er hätte jetzt gerne die Projektoren eingeschaltet, aber die Computer der Lichtanlage waren versperrt. Er suchte den Hauptschalter, und ein trübes Arbeitslicht dehnte sich im Raum aus, übergoss Bühne und Zuschauerraum mit der gleichen Trostlosigkeit und Langeweile. Er verließ die Bühne und schlenderte über den Garderobengang. Fast alle Türen standen offen, und der Nachmittag warf Streifen auf den Flur.

Als er in die Garderobe von Christelle eintrat, schloss er einen Moment lang die Augen: Der Raum roch nach der Haut einer Frau, erinnerte ihn an ein Lächeln, an das Halbrund von gesenkten Lidern und die Wärme eines Nackens. Als er die Augen wieder öffnete, sah er auf einem weißen Tuch die Pinsel und Pinzetten, Kohle- und Lippenstifte, die kleinen Dosen und Fläschchen, Kämme, Spangen, Haarnadeln wie auf dem Toilettentisch seiner Frau, aber alles war penibel und sauber nebeneinander gelegt und erinnerte an die sterilen Utensilien eines Chirurgen vor der Operation. Auf dem Spiegel klebten Bilder und Zeichnungen, und neben einem zweiten Tuch, auf dem die Requisiten bereitlagen, Gegenstände ohne Vergangenheit und Leben, stand ein Bilderrahmen, aus dem Christelle lächelte, an Pierres Schulter gelehnt. Irgendjemand hatte der Zeit einen Augenblick entrissen, in glücklicheren Tagen, und es bleibt uns nichts, dachte Marcel, als uns mit der Vergangenheit zu trösten. Er selbst war nun fünf Jahre mit Catherine verheiratet, sie war seine dritte Frau, und er fragte sich, ob sie auch seine letzte sein würde. Er hatte es von allen anderen auch gedacht.

Er ging an mehreren offenen Türen vorbei, ohne einen Blick hineinzuwerfen. Sein eigener Raum war leer, bis auf ein paar Kostüme auf einem Ständer und den Schuhen unter der Kleiderstange. Jemand hatte eine Schale mit Obst auf den Tisch vor dem Spiegel gestellt, er wünschte plötzlich, dass es Irina war, und der Gedanke befremdete ihn.

Er zog die Vorhänge vor den Tag und schaltete die Glühbirnen ein, die den Spiegel über dem Schminktisch umrahmten. Er schlug das Textbuch auf und versuchte die Sätze auswendig vor sich hinzumurmeln, aber immer wieder suchten seine Augen die Wörter auf den eng beschriebenen Seiten. Wenn er hochschaute, fiel sein Blick auf sein Gesicht, das ihn aus dem Spiegel anstarrte und das die Lämpchen von allen Seiten beleuchteten. Es war ihm fremd und nicht mehr jung.

Er klappte das Buch zu. Er machte sich etwas vor, seit Wochen schon. „Ich habe Angst vor dem Tod", sagte er langsam zu dem Gesicht. „Verdammt, ich habe Angst!" Er schlug mit der geballten Faust in sein Spiegelbild. Er würde jeden Abend sterben müssen und er wusste nicht, wie man ihn spielte, den Tod, und noch weniger, wie man spielte mit ihm. Kein Schriftsteller der Welt wusste, wovon er sprach, wenn er davon sprach. Er sah im Spiegel auf einmal in einiger Entfernung seine Frau stehen und erinnerte sich an den Genuss, mit dem er sie immer wieder beobachtete, als wäre sie eine Fremde, als würde er zum ersten Mal ihre Anmut wahrnehmen, ihre Eleganz, betroffen sein von der Art, wie sie sich bewegte, und erst, wenn sie seinen Blick auf sich spürte und innehielt, wenn in ihren Augen das kurze Erstaunen einem Lächeln wich, gestattete er sich zu sagen: Sie ist meine Frau. Er hätte jetzt gerne seine Hand ausgestreckt und das schmale Handgelenk umfasst. Er wusste nicht, wie man das Theater verließ, Nacht für Nacht, und nicht mehr jung war und der Tod sich nicht einfach so abschütteln ließ, sondern an einem haftete und herumrumorte in Eingeweiden und Herz.

Er stand auf und ging wieder hinaus auf den Garderobengang. Hinter einer Tür hörte er Musik, und als er anklopfte und eintrat, sah er, wie Laurent, über eine Bürste gebeugt, einzelne Haare aus dem Gestrüpp der Borsten zog und auf die weiße Tischplatte legte, eines neben das andere. Er schaute kurz auf, lächelte: „Ich sammle Beatrices Haare", sagte er, „kannst du ihr nicht ein paar ausreißen auf der Bühne?" Er hielt Marcel die zusammengepresste Faust hin, aus der einzelne Haarfäden herabhingen. „Oder vielleicht hast du sogar im Leben die Gelegenheit zu einem leidenschaftlichen Handgemenge?"

„Es würde bedeuten", Marcel musste ebenfalls lächeln, „ein Leben lang mit ihr zu kämpfen, damit du jemals deine Perücke zusammenkriegst."

Er betrachtete Martine, die auf dem Tisch saß, ihren Kopf zur Musik bewegte und helle Beigetöne eines Makeups verglich. Christelle hatte Angst vor ihr: Wenn Martine sie schminkte, konnte sie an ihrer Haut erkennen, ob sie heimlich trank.

Marcel setzte sich und schaute den beiden schweigend bei der Arbeit zu.

„Ist irgendwas nicht okay?", fragte Laurent. Er fuhr fort, behutsam die Haare aus der Bürste zu lösen.

Marcel antwortete nicht gleich. „Wie kann man sich von den eigenen Gedanken befreien", fragte er schließlich.

Laurent streifte ihn mit einem schnellen Blick, dann grinste er: „Zum Beispiel, indem du losziehst für mich und

Frauen skalpierst." Er legte wieder ein paar Haare auf die Tischplatte. „Ich an deiner Stelle würde versuchen, von dem freien Tag zu profitieren."

„Ich kann nichts anfangen mit diesen Tagen. Am Ende treibt es mich doch immer wieder zurück ins Theater."

„Aber was willst du denn in diesem gottverlassenen Haus?"

„Ich wollte Text lernen", murmelte Marcel. „Aber ich bräuchte jemanden, der mir die Repliken dazwischenliest."

„Bitte nicht ich!" Laurent fuhr mit den Fingern durch eine blondlockige Perücke, die über einen Schaumstoffkopf gestülpt war. „Willst du dich vielleicht einmal in blond sehen?" Er lachte. „Oder als Frau?" Marcel erhob sich. „Frag doch eins der Mädchen aus dem Büro. Ich wette, die haben alle große Lust, mit dir Text zu lernen."

Er wanderte wieder den Gang hinunter, und aus jeder Garderobe schienen ihm Scherben von Sätzen vor die Füße zu fallen und bei ihrem Auftreffen auf den Boden weiter zu zersplittern in eine Vielfalt von Stimmen, von beschwörenden hellen und dunklen Klängen eines bekannten Instruments. Warum war er wieder achtlos gewesen und warum ließ er die Tage vergehen, ohne ein einziges Mal innezuhalten, das Heute würde sich auflösen wie das Gestern, wie Jeremys Stimme, die Anweisungen gab, zu denen er eine Bewegung ausführte, die sich, noch bevor er sie beendet hatte, verwischte, die Wahl ihrer Rollen, ein Lachen, was bedeutete eigentlich Risiko, er riss einen Vorhang auf, hinter dem ihm Christelles Gesicht entgegenblickte, das jung war wie damals, als er zum ersten Mal mit ihr auf der Bühne stand, und sich verzerrte in die Maske des weinenden Clowns, der im Licht der Straßen von der Dunkelheit träumte, in der Catherines hundert Augen auf unsichtbaren Fäden hingen und sich leise hin- und herbewegten, jeder seiner Bewegungen folgten und die er eins ums andere pflückte und verschluckte wie

Beatrice, die in einer Ecke saß und ihn anstarrte und dabei brennende Zigaretten in ihren Mund stopfte, den er küssen musste, du wirst sterben daran, zischelte eine Frauenstimme in seinem Ohr, und er sah das Licht der Scheinwerfer immer glühender werden, bis es ganz weiß war und sich verdichtete zu einer Gestalt, die ihm die Weste seines Kostüms hinhielt, und wie er durch den nicht endenden Tunnel der Ärmel schlüpfte, an deren anderem Ende er das silberne Mädchen im Arm hielt, das sich an ihn krallte, während das klirrende Flüstern im Saal, der genau in seinen hohlen Kopf hineinpasste, zunahm und die Stuhlreihen sich immer weiter ausdehnten und seine Schläfen gleich sprengen würden – sie waren alle gekommen, um ihn da oben hadern zu sehen –, bis er plötzlich in dem ohrenzerfetzenden Geraune eine Melodie wahrnahm, aus der ein Gesicht wuchs, das unbewegt und stumm in eine andere Richtung blickte.

Er ging zu dem Münztelefon, das an der Wand neben der Portierloge hing, und wählte.

Als sich Irinas Stimme meldete, sagte er schnell: „Ich bin im Theater, wollte Text lernen, aber ich brauche jemanden, der die anderen Rollen liest." Und ohne auf ihre Antwort zu warten: „Ich hätte nicht gedacht, dass du im Hotel bist."

„Ich auch nicht", sagte sie, „irgendwie hab ich es nicht geschafft. Soll ich kommen?"

Er wartete einen Augenblick, dann sagte er: „Ich möchte dich gerne sehen."

„Jetzt, heute Abend?" Ihre Stimme klang nicht überrascht.

„Nicht heute Abend, ich bin verabredet, beruflich."

„Wann dann?", fragte sie nach einer kleinen Pause. Zögernd jetzt, aber vielleicht täuschte er sich.

„Später. In der Nacht."

Sie schwieg, und er wusste, wenn sie jetzt nein sagte, würde er sie nie mehr fragen können, würde sie und etwas mit ihr, das er nicht zu benennen wagte, für immer verloren sein, aber es war nicht zu spät, dachte er fieberhaft, sie und niemand anderer, sie stand nicht da oben mit dem dunklen Gefährten, er musste nur in ihre Richtung schauen, sag ja in dieser Sekunde, weil es in der nächsten keine Bedeutung mehr hat, sag ja, bevor es unwiderruflich ist, lass alles andere aus dem Spiel, und wenn du nur einmal in deinem Leben etwas tust, das allem anderen quer im Wege liegt und nur in diesem einen, unmerklichen, atemlosen Stillstand gelebt werden kann, weil es die Spitze des Pfeils ist, der mitten hinein in das verwundbare Gewebe der Zeit zielt, dann tu es jetzt.

„Wo?", fragte sie.

„In meinem Zimmer."

Stille. Er wartete auf ihre Stimme.

„Wird die Tür offen sein?"

„Ja", sagte er, „die Tür wird offen sein."

Sie kam spät. Kurz vor Mitternacht hatte sie zum ersten Mal ihr Zimmer verlassen und war Jacques auf dem Gang begegnet. Sie sagte, sie wolle noch ein Glas trinken unten an der Hotelbar, und er war mit ihr gekommen.

Sie standen an der Bar und Jacques hatte ihr von seinem Leben erzählt und sie hatte mit gesenktem Kopf zugehört und dabei auf seinen Arm gestarrt, der auf der Theke lag und sich, seine Worte begleitend, hin- und herbewegte und manchmal den Blick freigab auf den Zeiger an seinem Handgelenk, der von einem Punkt zum nächsten sprang. Sie war irgendwann zu der Jukebox gegangen und hatte eine Münze in den Schlitz geworfen, und als sie zu ihm zurückkehrte und wieder auf die Uhr blickte, schien der zittrige Ruck, mit dem die Nadel sich im Kreis bewegte, mit der Musik anzuschwellen zu einem Ticken und Hämmern, das von den Wänden widerhallte und in ihren Schläfen pochte.

Nach mehr als einer halben Stunde war sie schließlich zurückgegangen in ihr Zimmer und hatte sich auf das Bett gelegt. Sie wünschte sich, jemand anderer könnte in ihre Haut schlüpfen, während sie einfach die Augen schloss und am nächsten Morgen erst wieder öffnete, wenn die Versprechungen der Nacht eingelöst oder vergessen waren.

Genau eine Stunde später verließ sie das Zimmer wieder. An der Rezeption, an der sie auf dem Weg ins andere Treppenhaus vorbeimusste, standen ein paar Bühnentechniker.

„Willst du noch ausgehen", fragte Hervé und lachte.

„Ich wollte Zigaretten kaufen", erwiderte sie schnell, und Simon sagte: „Ist mir noch nie aufgefallen, dass du rauchst."

„Dann lass uns an der Bar die letzte Zigarette rauchen." Hervé streifte sie mit einem dieser Blicke, die etwas anderes meinten.

Sie fühlte sich plötzlich zu schwach, zu angespannt und nervös, um ihm zu widersprechen, und als sie die Bar betraten, lehnte dort noch immer Jacques, der sie erstaunt musterte. Nachher begleitete Hervé sie bis zu ihrem Zimmer, lächelte, wartete, während sie ebenfalls lächelte, ihn rasch auf die Wange küsste und die Tür hinter sich schloss. Sie stand mit klopfendem Herzen an die Tür gelehnt in dem dunklen Raum und zählte die Zeit. Es ist sinnlos, dachte sie, ich komme hier nicht weg, das ganze Haus lauerte, wartete. Sie stellte sich vor, wie Marcel an der Tür stehen würde und sie nach einem letzten Blick hinaus zumachte und sie sich, wenn sie erst einmal verschlossen war, nie mehr öffnen würde für sie, und sie begriff mit einem Mal, dass es Dinge gab, deren einzige Möglichkeit zu existieren in dem engen Raum eines einmal gefassten Entschlusses bestand, der wiederum festgelegt war auf die ihm zugemessene Zeit und darüber hinaus nicht weiter bestehen konnte im Wirbel der Entscheidungen, Gedanken und Beschlüsse, die man an einem anderen Tag und bereits morgen fasste.

Sie öffnete die Zimmertür ein drittes Mal, lief die Stiegen hinunter und das andere Treppenhaus wieder hinauf in den fünften Stock, und jedes Mal, wenn sie an der Lifttüre vorbeieilte, kam es ihr vor, als würde sie sich öffnen und jemand sie beim Namen rufen, zurück in die Wirklichkeit.

Die Zimmertür war angelehnt. Sie trat in den Vorraum, in dem die Nacht undurchdringbar über sie herfiel und in ihren Rücken drückte wie eine Hand, sie vorwärts schob und kein Zurückweichen mehr erlaubte und keine Flucht.

„Irina", sagte eine Stimme leise aus der Dunkelheit.

„Ja, ich bin es", flüsterte sie, aber im Zimmer rührte sich nichts.

Sie wartete, und als sich keine Räume öffneten hinter der schwarzen Wand, begann sie sich vorzutasten. Ihr Schienbein stieß gegen Holz, und als ihre Finger über weichen Stoff strichen, setzte sie sich auf die Kante des Betts. Im selben Augenblick legte sich eine Hand in ihren Nacken, die sie hinabzog an einen Mund.

Sie schloss die Augen, und irgendwann öffneten sie ihr Kleid, und ihrer beider Hände und warme Haut berührten sich dabei, immer schneller, wie in einem Tanz, in dem sie den Ballast von ihrem Körper zerrte und riss, sich verfing darin und dennoch immer nackter wurde, und sie konnte ihm in diesem wortlosen Taumel immer neue Antworten geben, weil sie wusste, dass er stärker war als alle Gesetze der Zeit, die nicht vorgesehen war für sie beide, keine Dauer, kein Danach, kein Morgen, sondern nur die Gewalt einer Sehnsucht, einer Einsamkeit, die plötzlich zersprang, Not und Verzweiflung, und ein Entsetzen packte sie vor der eigenen Schamlosigkeit, aber er hielt sie fest in seinen Armen, als hätte er Angst, sie zu verlieren in diesem Strom, der sie mitriss und in dem ihr Körper zu zerbersten schien. Alle Schleier zerreißen, die sich über Verstand und Seele legten, alle Hindernisse überwinden in diesem Wahn, der sie beide wie aus einem Hinterhalt überfallen hatte, vielleicht hatte er begonnen mit seiner Stimme am Telefon oder dort, in ihrem dunklen Zimmer oder im Treppenhaus oder erst in dem Moment, als die Tür hinter ihr ins Schloss fiel und sie in ein Schwarz zu stürzen schien, ohne jemals aufzuschlagen, nicht Halt machen, wenn man das Leben hinter sich ließ und den Tod überwand in dieser einzigen, einmaligen Unendlichkeit, hinausgeschleudert aus allen Grenzen in ein All, in dem es keinen Schwächeren und keinen Stärkeren mehr gab und nicht einmal Macht, kein Wollen, keine Bestimmung, keine Lüge und Verstellung. Sie liebte ihn, ohne ihn ein einziges Mal gesehen zu haben, mit dem Tuch der Nacht über ihren Augen, und sie flüsterte immer wieder, das bin nicht ich, aber dann rief er sie leise beim Namen, Irina, die sie doch nicht mehr war, dieser Name schien nur der Nacht zu gehören, während sie sich selbst irgendwo zurückgelassen hatte, als sie dieses Zimmer betrat, lass mich nie mehr los, lass mich nie mehr Irina sein.

Als sie später neben ihm lag und ihren Atem dem seinen anzupassen versuchte, aber sie waren bereits wieder zwei voneinander unabhängige Wesen geworden, hörte sie das Telefon läuten wie aus der Ferne, und sie dachte, sogar die Stimme seiner Frau würde nichts daran ändern, dass ein Geheimnis angetastet, aufgebrochen war. Sie fühlte, wie Marcel über ihren Körper hinweg nach dem Telefonhörer langte, während seine andere Hand ihren Kopf umfasste.

„Hallo", sagte er, „Jeremy…, ja, ich habe schon geschlafen", und zum ersten Mal in dieser Nacht nahm sie seine Stimme wahr, die wie ein fremder Gegenstand in die Dunkelheit fiel.

„Verzeih, dass ich dich noch störe", Jeremy klang angespannt, „aber sag mir: Warst du heute Abend mit Christelle essen?"

„Nein", sagte Marcel.

„Sie ist nicht im Hotel."

„Du wirst mich doch nicht mitten in der Nacht anrufen, um mir mitzuteilen, dass Christelle wieder einmal nicht in ihrem Zimmer ist?"

„Nein, ich dachte nur... Sag mir: Ist alles okay?"

„Ja, warum?"

„Du klingst irgendwie anders."

„Ich hab schon geschlafen."

„Ich sitze in einem schönen Schlamassel." Jeremy stöhnte. „Ich wollte mit dir darüber sprechen."

„Aber ich liege im Bett!"

„Ich bin heute Abend zu diesem Zirkus gegangen", fuhr Jeremy unbeirrt fort, „ich weiß nicht genau warum, Nostalgie vielleicht, ich habe den ganzen Nachmittag an Ilaria und die Kinder gedacht... Betrügst du eigentlich manchmal deine Frau?"

„Nein", sagte Marcel. „Oder... Ich weiß nicht, vielleicht so, wie alle das tun, und überhaupt, was ist das für ein idiotisches Wort..." Seine Hand hielt noch immer Irinas Kopf, die ihn leicht anhob, und die Hand rutschte in ihren Nacken.

„Ich kann nicht damit leben", sagte Jeremy, „mit diesen Gewissensbissen. Ich meine, wie betrügt man seine Frau und hat dabei seinen Genuss?"

„In diesem Fall lässt man es besser bleiben."

„Aber verstehst du, es ist irgendwie stärker als ich. Verheiratet zu sein heißt noch lange nicht... Fühlst du dich eigentlich schuldig?"

„Ich verstehe nicht", sagte Marcel.

„Ich meine, wenn du sie betrügst."

„Es hängt von der Frau ab."

„Von welcher?", fragte Jeremy.

„Von der, mit der du sie..., du weißt schon..., ich hab dir doch gesagt, ich mag das Wort nicht." Marcel zog seine Hand unter Irinas Nacken hervor und legte sie behutsam auf ihr Gesicht. Ihre Augen waren geschlossen.

„Bleib noch ein bisschen dran", sagte Jeremy, „es tut gut, mit dir zu sprechen. Du hast eine Frau, Kinder, Familie wie ich. In gewisser Weise haben wir alles, was alle sich immer wünschen. Kannst du mir das also erklären?"

„Nein."

„Ich würde einfach gerne wissen, wie es dir dabei geht."

„Ich weiß auch nicht..."

„Ich meine, es läuft am Ende immer nur auf das eine hinaus."

„Vielleicht", sage Marcel, „wahrscheinlich."

„Also, man kann nicht gerade behaupten, dass du sehr redselig bist. Ist irgendetwas los?"

Marcel schwieg einen Moment. Er betrachtete Irinas undeutliches Gesicht, und er wusste in der Dunkelheit nicht, ob es die Erinnerung daran war, die sich als Bild vor seine Augen schob. „Was ist denn passiert bei dem Zirkus?", fragte er.

„Kann sein, dass ich hingegangen bin", sagte Jeremy, „weil mir heute die Idee kam, dass dieses Mädchen, das Beatrice spielt, ein bisschen verwahrlost ist, dass sie eine Vergangenheit hat, die ja nicht näher benannt ist, sie könnte zum Beispiel früher durchgebrannt und beim Zirkus gelandet sein. Verstehst du, das gäbe der Rolle eine neue Dimension, eine andere Richtung, unerwartete Geschichten rundherum. Also, ich bin hingegangen wegen des Stücks..."

„Ich dachte, wegen Ilaria und der Kinder..."

„Dann sah ich auf einmal Beatrice um diesen Zirkus herumstreunen, und wie sich herausstellte, hatte sie einen ähnlichen Gedanken wie ich. Du weißt, dass ich ihre Rolle besonders liebe. Plötzlich hat sie mich dort angesehen, so wie ich immer wollte, dass sie auf der Bühne in dieser einen Szene dich ansieht. Sie war so leicht, so unverschämt und doch immer anmutig dabei, so ein freches, zartes Geschöpf, ich konnte meine Augen gar nicht abwenden von ihr. Sie war auf einmal wirklich diese Therese. Den Rest der Geschichte kannst du dir vorstellen. Jetzt geht es mir schlecht."

„Wieso denn", sagte Marcel, „war es eben eine schöne Nacht…"

„Aber sie ist verrückt", sagte Jeremy. „Auf einmal lag wieder Beatrice neben mir, wie sie leibt und lebt, hysterisch und verrückt. Sie ging mir ganz schön auf die Nerven, wie sie dauernd irgendetwas von einer Abwesenheit daherredete, und dann stand sie auf, ging in mein Badezimmer, hat sich eine Schere genommen und mit aller ihr sonst fehlenden Seelenruhe in ihre Haare geschnitten. Sieht ziemlich schlimm aus."

„Einfach so?" Marcel musste lachen.

„Sie sagte plötzlich: Morgen rede ich mit meinem Freund und kläre alles, und du sprichst mit deiner Frau. Und dass sie nach einem Jahr dann ein Kind haben will. Verstehst du, sie ist von allen guten Geistern verlassen!"

„Was hast du ihr denn gesagt?"

„Was sollte ich ihr denn sagen? Dass ich sie nicht liebe vielleicht, dass da eine Verwechslung besteht, tut mir Leid, ich habe Therese begehrt und nicht dich. Dass ich einmal ihren schönen Arsch sehen wollte? Damit sie mir dann morgen den Anwalt an den Hals hetzt oder die Presse?"

„Sie hätte sich auch in ihre Haare geschnitten ohne dich."

„Glaubst du?"

„Sie ist nun einmal so."

Jeremy schwieg. „Irgendwie schon toll", meinte er dann,

„wenn Frauen so dramatisch werden wegen einem Mann. Aber was mach ich jetzt bloß Ilaria gegenüber?"

„Was machst du mit Beatrice?"

„Das wird Irina schon richten", sagte Jeremy. „Aber Ilaria?"

„Nichts wirst du machen."

„Und wenn sie es merkt?"

„Wie soll sie es denn merken", sagte Marcel, „zweitausend Kilometer entfernt von dir."

„Frauen haben einen siebten Sinn." Jeremy seufzte. „Die ahnen es bereits, wenn du es selber noch nicht weißt."

„Alles leugnen", sagte Marcel.

„Machst du das auch?", fragte Jeremy.

„Leben wir nicht alle mehrere Leben, berufsbedingt? Willst du deine Ehe aufs Spiel setzen wegen – Therese?"

Jeremy stöhnte wieder, dann lachte er leise. „An diesen verdammten Orten geht das Begehren im Kreis. Das wird eine schöne Probe morgen."

„Allerdings", sagte Marcel.

„Du findest also doch..."

„Nein, ich hab das nur so vor mich hingesagt."

„Tut mir Leid", sagte Jeremy, „dass ich dich geweckt habe, aber ich musste jemanden sprechen, und Irina ist nicht auf ihrem Zimmer. Komisch", er hielt einen Moment inne, „glaubst du, sie hat hier irgendeine Geschichte?"

„Warum nicht", sagte Marcel. „Sie ist jung. Warum soll es ihr anders ergehen als uns."

„Du hast Recht", sagte Jeremy, „aber sie hat auch einen Freund."

Als Marcel aufgelegt hatte, drehte er sich wieder zu Irina und nahm sie in den Arm. Er sagte ihren Namen, leise, und dann noch einmal, aber sie reagierte nicht. Ihr Körper war warm und er hörte sie atmen. Er wusste nicht, ob sie schlief oder nur so tat.

Allmählich verdünnte sich das Schwarz in ein verschwommenes Blau und irgendwann zersetzte sich das Blau in ein trübes und kaltes Grau.

Sie schob sich vorsichtig unter dem Arm, der quer über ihr lag, zur Seite, aber sein Körper schien sich ihrem bei jeder kleinsten Bewegung sofort wieder anzupassen, er rückte nach und gab sie nicht frei. Sie versuchte es wieder, und diesmal schlossen sich beide Arme fest um sie. Er fragte sie mit klarer Stimme, was sie mache, wohin sie wolle.

„Die Zeit", murmelte sie, „auf die Uhr sehen", und ließ sich wieder zurücksinken. Der Gedanke, bei Tageslicht und erkannt, vor allem von ihm, von hier fortzugehen, machte ihr Angst.

Sie wartete, und als Fäden von Licht an der Wand ein Rechteck nachzeichneten, nahm sie wieder behutsam seinen Arm und legte ihn zur Seite. Sie schlüpfte schnell aus dem Bett, während der Arm sich dorthin zurücklegte, wo er ihren Körper vermutete, aber Marcel wachte nicht auf. Sie sammelte ihre Kleidungsstücke vom Boden auf und hielt ihren Blick dabei starr auf das Bett gerichtet. Dann lief sie ins Badezimmer und versperrte die Tür. Sie zog sich hastig an, er würde bald bemerken, dass sie nicht mehr neben ihm lag. Es fiel ihm offenbar leichter als ihr, noch ein paar Stunden mit einer Illusion zu leben, stellte sie verwundert fest.

Gerade als sie gehen wollte, hörte sie von draußen die Geräusche des nahen Bahnhofs. Der metallene Klang der Waggons, die verladen, aneinander gehängt und hin- und hergeschoben wurden, weckte Erinnerungen an andere Nächte, in denen man einsam wurde im Licht der Dämmerung, während der andere schlief, im Glauben an eine Nähe, die sich bereits mehr und mehr verflüchtigte in diesem zaghaften Lärm des beginnenden Morgens. Sie hörte wie damals das Gejaule der nächtlichen Sirenen, das von den Wolkenkratzern abprallte, ein Widerhall, der ihr unter die Haut fuhr, während ein Mann, den sie zu lieben glaubte, neben ihr schlief und über die Wände des Zimmers in gleichbleibenden Abständen orangefarbene Streifen krochen, die plötzlich in ihrer Erinnerung in eine blasse Dämmerung zerflossen, in der das Schreien der Vögel am Meer dem Weinen verlassener Kinder glich. Sie war am Fenster gestanden und ein anderer Mann lag hinter ihr und schlief und wusste nichts davon, dass sie sich nie mehr umdrehen wollte zu ihm. Oder, wieder anderswo, das Brausen einer Autostraße vor einem Motel, und wie sie überlegt hatte, die Autoschlüssel aus dem Fenster zu werfen, um ihn, den wie immer Einzigen, festzuhalten an diesem Ort ohne Ankunft, ohne Abschied und Geschichte. Vielleicht vergaß man eines Tages die Nächte und Umarmungen über neuen Nächten und neuen Begegnungen, die immer einzigartig schienen und so entscheidend, dass sie alles andere auslöschten, aber sie konnte nie diesen Schmerz vergessen, wenn man die Nacht hinter sich ließ, sich nicht zurechtfand in einem neuen Licht, in der jäh anbrechenden Einsamkeit, mit dem Bewusstsein der eben empfangenen Berührung, die man auf der Haut trug wie ein Mal und über die sich der Morgen hinwegsetzte mit der Rücksichtslosigkeit des neuen Tags.

Bevor sie ging, warf sie einen Blick auf seinen abgewandten Körper. Sie hatte kein einziges Mal sein Gesicht gesehen, er hätte irgendwer sein können, ein Fremder.

„Es ging nicht um uns", sagte sie leise.

Sie hastete die Treppen hinunter, wartete auf dem letzten Treppenabsatz, bis der Hotelportier für einen Moment die Rezeption verließ und in den dahinter liegenden Raum verschwand, und huschte dann hinaus ins Freie. Sie lief ziellos durch den Ort, trank einen Kaffee in einer Bar, in der rauchende, Zeitung lesende Männer an der Theke lehnten und sie nicht beachteten. Sie fühlte sich bleiern und hoffnungslos. Das sorgsam gehütete und immer wieder zugeschüttete Verlangen war wieder eine Wunde geworden: Pierre, der Schmerz, ihre Liebe, die sie eine Nacht lang in Marcels Armen vergessen hatte, kehrten zurück in ihren Körper.

Sie sah in einiger Entfernung, teilweise von einer Tankstelle verdeckt, eine bunte Fläche leuchten: ein Kreissegment aus goldenen und roten Streifen, die sich wie ein Regenbogen zwischen zwei Wohnwagen spannten, als hätte jemand ein Papier in Tortenstückform zurechtgeschnitten und in den einzig freien Ausschnitt eines Bildes geklebt.

Das Zirkusgelände wirkte wie eine fremde Welt, ein Planetensplitter, der mitten in diesen Ort gefallen war und nicht hineinpasste in das verwirrende Mosaik aus Marcels gesichtslosem Körper, Treppen, die nirgendwo hinführten, verlassenen Straßen, in denen Mülltonnen sich zu erbrechen schienen, kreisenden Scheiben, aus denen gebrochenes Licht stürzte, dem Schwarz, Blau und Grau der dahinsiechenden Nacht. Bin ich das, die hier zwischen Lamas, Pferden, einem Kamel und Elefanten auf einer wie grün angepinselten Fläche steht, die eine Wiese ist, unter Azur, der einem Himmel gleicht ohne Sonne, die noch den Rücken der Erde herauf zu ihnen wanderte?

Ihr war schlecht von zu viel Gefühl, sie hätte sich am liebsten übergeben.

Sie ging den Halbkreis des Zeltes entlang, bis sie den Eingang fand. Der Vorhang war an einer Seite zurückgeschlagen. Während sie eintrat in den dämmerigen Vorraum, der in die Arena führte, hörte sie aus einem der Wohnwagen das Pfeifen eines Wasserkessels und undeutlich dahinter eine Radiostimme, die die Morgennachrichten las. Der Raum roch nach Tierleibern und Schweiß.

Auf der anderen Seite des Zeltes entdeckte sie in einer der

unteren Stuhlreihen eine Frau, die ihr den Rücken zukehrte. Sie schaute in einen Taschenspiegel, den sie hoch über ihren zurückgeneigten Kopf hielt. Mit einem Lippenstift zog sie ihren Mund nach. Der Spiegel fiel zu Boden, und nach einer kleinen Verzögerung, als würde sie nicht gleich begreifen, warum er sich nicht mehr in ihrer Hand befand, ließ sie ihren Oberkörper mit einem Ruck nach vorne sacken und tastete nach dem Gegenstand. Schließlich richtete sie sich unbeholfen wieder auf.

Irina wich einen Schritt zurück und verbarg sich. Dann erst entdeckte sie auf Christelles Gesicht die roten Kreise, auf jeder Wange einen, zittrig und so schief auf die Haut gemalt, dass es aussah, als hinge das Gesicht an einer Seite nach unten. Ihre mit Lippenstift beschmierte Nase leuchtete.

Christelle kletterte umständlich über die Holzbrüstung in die Manege und hielt sich dabei an den Sesseln und der Umrandung fest. Sie trippelte unsicher in die Mitte des sandigen Kreises, wo sie langsam vor sich hinzutanzen begann, mit geschlossenen Augen einer imaginären Musik lauschend. Ein Lächeln erhellte ihr rotfleckiges Gesicht, das sie anmutig in Richtung der leeren Zuschauerreihen neigte. Plötzlich blieb sie stehen und knickte ihren Oberkörper ein zu einer tiefen Verbeugung. Sie öffnete die Augen und drehte sich suchend um sich selbst. Immer noch lächelnd rief sie: „Macht die Lichter an", tanzte verträumt weiter, „Licht will ich, Licht", rief sie dann ungeduldiger, trotzig beinahe, „hierher die Scheinwerfer! So macht doch schon Licht!"

Sie hatte Mühe beim Sprechen, sie stolperte, ihre Füße schienen im Sand stecken zu bleiben. Irina musste an das Geräusch von Christelles Schritten denken, über ihrem Kopf in dem Hotelzimmer, während sie Pierres Stimme im Telefon gelauscht hatte. „Ich kann dich nicht mehr anrufen", hatte er gestern Abend gesagt, „wenn ich weiß, dass sie über dir wohnt."

Ich habe ihm das nie gesagt, dachte Irina und beobachtete Christelle, die sich auf der Umrandung der Manege erschöpft niedersinken ließ.

Gerade als Irina den Hörer aufgelegt hatte, hatte es wieder geläutet. „Ich möchte dich gerne sehen", hatte Marcel gesagt.

„Es ist mir zu kompliziert", hatte sie Pierres Stimme hinter Marcels Worten gehört. Am Anfang, dachte sie, waren die Dinge nie zu kompliziert. Am Anfang lief man atemlos durch Labyrinthe und gab nicht auf, den Weg zu finden, konnte man eine Tür öffnen, ohne zu wissen, was einen dahinter erwartete.

Christelle saß am Rand der Manege und winkte den Zuschauern zu, die nur sie selbst sah. Irina betrachtete ihre Hand, die durch die Luft flatterte, als wäre sie losgelöst vom Körper. Sie wusste von dieser Hand, die schmal war, jung geblieben, wie sie die Dinge anfasste, über einen Körper strich, sich in einen Nacken legte. Sie hatte es viele Proben lang beobachtet, zuerst unfreiwillig, dann begierig, war Zeuge und Mitwisser unüberlegter Gesten und Berührungen geworden.

„Du bist jung", hatte Jeremy sie immer zu trösten versucht, „warum regst du dich auf? Er hat sie ein halbes Leben lang gehabt."

Aber auch Christelles Blick hatte Irina immer wieder scheinbar flüchtig gestreift, und Irina war nicht entgangen, wie genau er registrierte, ihre Regungen sammelte, sich suchend durch ihr Lächeln tastete, als könnte Christelle dahinter Pierre erahnen, und wie er diesem Lächeln begegnete, wenn es ihm galt.

Christelle ist seine Frau, dachte Irina, und ich bin... Sie wusste nicht weiter. Nur jung? Was sonst?

„Wir sehen uns in drei Wochen", hatte Pierres Stimme am Telefon gesagt, „lass es gut sein bis dahin."

Verschieben wir die Liebe also auf morgen, hatte sie gedacht.

Christelle hatte sich wieder erhoben, und obwohl ihr der Alkohol an den Gliedern zerrte, irrlichterte sie erneut in die Mitte des sandigen Kreises.

„Warum verlangst du Dinge von mir, die du ihr nachsiehst", hatte Irina Pierre gefragt, „warum hast du so viel mehr Verständnis für ihre verdrehten, kümmerlichen Geschichten als für mich?" Sie hatte noch nie eine solche Frage gestellt und noch nie diese Bitterkeit in ihrer eigenen Stimme gehört.

Er hatte ein Weile geschwiegen. Schließlich hatte er gesagt: „Weil du keine Schauspielerin bist."

Irina folgte mit ihren Augen Christelles Schritten, als könnte sie sie führen und festhalten mit ihrem Blick. Sie dachte daran, dass man sich die merkwürdigsten Sätze anhören musste, kleine, dumme, böse Sätze, die man dann sein ganzes Leben lang mit sich herumschleppte. Darauf lief es also hinaus, dachte sie, weil ich keine Schauspielerin bin, aber am Ende waren sie beide nichts anderes als Zuschauerinnen, jede von der anderen, ein undankbares Publikum, das die kleinste Geste mit Argwohn bedachte, und Pierre, fuhr es ihr durch den Sinn, war nur ein Schatten, unwirklich und gegenwärtig zugleich, er war die Geschichte geworden, die sie füreinander spielten und gleichzeitig angstvoll voreinander zu verbergen suchten.

Sie verspürte ein heftiges Verlangen, zu Christelle hinzugehen, dieser elenden, zerbrechlichen Christelle, die sich volltrank mit dem gleichen Schmerz in den Knochen wie sie, aber der stumpfe Geruch in dem Zelt und das staubige Licht weckten die Übelkeit wieder in ihr. Gleichzeitig empfand sie eine so brennende Wut und Scham, dass sie Angst hatte, in die rot bemalte Fratze dieses traurigen Clowns zu schlagen, damit endlich etwas anderes dahinter zum Vorschein kam.

Lass sie auf der Bühne, dachte Irina, lass sie allein, sie gehörte dorthin, sie war anderswo nicht sie selbst und sie spielte so gut.

Bevor Irina das Zelt verließ, drehte sie sich noch einmal um und klatschte Christelle laut und lange zu. Ein verlorenes Geräusch, trocken und hart wie kurz aufeinander folgende Schüsse.

Irina lief, ohne ein einziges Mal innezuhalten, durch das Straßengewirr, verlor sich darin, aber es war einerlei, sie hätte bis ans Ende der Welt laufen können, was bedeutete es schon, den richtigen Weg zu finden.

Der Asphalt glitzerte jetzt in der Morgensonne.

Sie lief immer weiter und irgendwann an der Rezeption vorbei die Treppen hinauf, und erst als sie vor der Zimmertür stand, blieb sie atemlos stehen. Sie lehnte die Stirn an den Türrahmen. Ein Leben schien ihr verstrichen seit dem gestrigen Tag. Sie hob ihren Blick zu der Zimmernummer, wie es ihre Gewohnheit war, als könne sie sich dort vergewissern, dass alles beim Alten geblieben war: Einen Moment lang hatte sie das Gefühl, ihr Gedächtnis ließe sie im Stich, brachte die Zahlen durcheinander mit anderen von anderswo. Zugleich bemerkte sie, dass sie den Schlüssel irgendwo verloren oder vergessen hatte.

Und dann fiel ihr ein, dass sie ihn für *diese* Tür nicht brauchte. Sie drückte langsam die Klinke herunter. Bevor sie eintrat, sah sie von der Schwelle aus, wie sich das ausgesperrte Licht in den dunklen Vorraum drängte.

Was ist das für eine Liebe

Draußen bellte die Hündin. Durch das monotone Brummen seines Rasierapparats hindurch hörte Jan die ineinander fallenden Stimmen der ersten Gäste, den Jubelklang der Begrüßungen, dieses helle Gesplitter der Worte und Ausrufe, in das sich der tiefere, kaum wahrnehmbare Ton der Entschuldigungen und Beteuerungen mischte.

Im Spiegel zerfloss die Sonne um seinen Kopf herum und blendete ihn, und während er sein Hemd zuknöpfte, wusste er wie immer, kurz bevor er einen Raum mit Gästen betrat, einen Augenblick lang nicht, ob er lieber dem Bedürfnis, unbemerkt zu verschwinden, oder der kleinen neugierigen Erregung vor den Möglichkeiten und Überraschungen eines Abends nachgeben sollte.

Obwohl er erlesenen Wein trank, gute Bücher las, das freundliche Klima Kaliforniens genoss und eben erst in der Abendsonne über den Strand spaziert war, fühlte er sich nicht wohl in diesen Tagen. Zweifelsohne war die Besessenheit für seine Arbeit der Grund für seine letzte Scheidung gewesen: Du liebst mich nicht mehr, hatte sie gesagt, und der Satz, der so viel mehr enthielt als jene schmerzliche, aus Feigheit oder Bequemlichkeit nie ganz eingestandene Wahrheit, löste, da er sich festgehakt hatte in seinem Unterbewusstsein, von Zeit zu Zeit eine unerklärliche Melancholie in ihm aus. Er hatte in den Augen seiner Frau diesen Vorwurf gelesen, der über die Jahre ihren großen, staunenden Blick verengt hatte, bis sie es ihm eines Tages an den Kopf warf: dass er die Arbeit mehr liebe als sie. Weil sie mir hilft zu vergessen... Er hatte es nicht ausgesprochen, um nicht in ihren Augen diesem blanken Unverständnis begegnen zu müssen, dem sogleich die Frage folgen würde: was vergessen?, worauf er nur mit einem wehmütigen Lächeln hätte antworten können: du begnadete, ahnungslose Träumerin, fast hätte er ihr alles vergeben dafür.

Seit seiner Ankunft hier hatte er keine einzige Nacht durchgeschlafen, stattdessen stundenlang in eine Dunkelheit gestarrt, die ihm wie ein Verlies vorkam, in dem er eine Art Doppelleben fristete: Die quälenden Fragen, die ihn heimsuchten, die Sinnlosigkeit, die ihn in dem schwarzen Raum befiel, schienen einer anderen Person zu gehören, und dennoch war dieser andere, Fremde, dem er in den einsamen Nächten begegnete, er selbst. Erst in den Morgenstunden fiel er in einen bleiernen Schlaf, hörte weder Adam noch Rena, schon gar nicht den Lärm, mit dem sie den Tag begannen, das Rauschen der Dusche, ihr Lied, das schmatzende Schnarren der Kaffeemaschine unten im Erdgeschoss, jene beruhigenden Geräusche des alltäglichen Lebens, das einen, trotz allem, stets auffing in dieser taumelnden Hast durch die Zeit, Renas Stimme, weil sie heller war und eine Art frohlockender Singsang, ja, diese Stimme, schließlich den Schlüssel in der Haustür, bevor der Motor startete und sich das Auto über den Kies entfernte.

„Ich finde es viel beunruhigender", hatte Rena ihm erklärt, „wenn man so tief schläft, dass man sich gewissermaßen auslöscht. Ab einem gewissen Alter", und dabei hatte sie ihn mit der milden Nachsicht einer sehr jungen Frau angeschaut, „hätte ich Angst, mich zu weit aus dem Leben zu entfernen." Mit Nachsicht und doch auch – Zärtlichkeit.

„Ich kannte eine Frau", hatte sie weitergeredet, nachdem sie ihn flüchtig gemustert hatte, „die schaffte es kaum mehr, am Morgen aufzuwachen. Sie war so erschöpft, dass sie immer länger im Bett blieb. Nach einiger Zeit brachte sie sich dann um, vielleicht weil niemand, nicht einmal sie selbst bemerkt hatte, dass sie unter Depressionen litt."

Jan verließ das Badezimmer, setzte sich aufs Bett und verspürte noch immer keine Lust, hinunter zu den Gästen zu gehen, die er nicht kannte und auch nach diesem Abend nicht kennen und wahrscheinlich nie wiedersehen würde, stand trotzdem wieder auf, suchte in seiner Reisetasche nach ein paar Visitenkarten, fuhr sich mit allen zehn Fingern durchs Haar und ging zur Tür – als sein Blick durchs Fenster auf die Terrasse fiel, wo er Rena zwischen ein paar Leuten entdeckte.

Obwohl er in Adams Haus immer neuen Frauen begegnet war, den Ehefrauen, den Geliebten oder denjenigen, die man morgens in der Küche traf und dann nie wieder sah, auch wenn sie selbstbewusst den Toaster betätigten und in den Küchenkästen wühlten, schien Rena auf dem besten Weg, Ehefrau Nummer vier und eine gewisse Konstante im Leben seines Freundes zu werden. Sie hatte irgendwie das ganze Haus und seine Atmosphäre verändert mit allem, was sie da angeschleppt hatte einschließlich ihrer bewegten Familiengeschichte, die bis in die Wirren der russischen Revolution zurückreichte und bei ihr in Paris wieder ansetzte, wo sie Theater gespielt und in postexistentialistischen Kellern Chansons gesungen haben soll – natürlich hatte sie studiert, wenn auch nichts zu Ende –, in einem Literatencafé hinter der Bar gearbeitet und sich in der feministischen Bewegung engagiert, bis sie offenbar erkannte, dass es unterhaltsamer war, als Geliebte bedeutender Männer eine gesellschaftliche Rolle zu spielen. Dann tauchte ein Filmregisseur mit vagen Rollenversprechen auf, sie traf einen Zauberer, der sie zersägte, und gerade als sie beschloss, nach Puerto Rico auszuwandern, um Paprika zu züchten, oder nein, es sollten dekorative Grünpflanzen für Büros und Krankenhäuser sein…, aber da hatte Jan den Faden verloren oder nicht mehr aufgepasst, denn es machte für ihn keinen Unterschied, ob nun

Papayas, Paprika oder Limonen, da die barocke Vielfalt an Details, aus denen ihr zweifelsohne abenteuerliches Leben bestand, längst jeder Glaubwürdigkeit entbehrte.

„Und was jetzt?", hatte er gefragt. Sie hatte ihn misstrauisch angesehen. „Wieso: was jetzt?"

Adam nach den Umständen ihrer Begegnung zu fragen, hatte er sich bislang gehütet. „Wer weiß, was sie als Nächstes vorhat", Jan hatte nach Worten gesucht und dann mit einem festen Blick in Adams Augen gesagt: „Hast du nicht Angst, dass sie eines Tages wieder..."

„Hast du etwa Angst, in einer Woche mit dem Flugzeug abzustürzen?" Adam hatte gelacht und den Kopf geschüttelt: „Oder hast du vielleicht Angst davor, dich auf die so genannte ‚Liebe' einzulassen?"

„Es ist diese Art von Leben", erwiderte Jan, „die... ich glaube, sie macht mich nervös."

Adam war verändert, als hätte er einen kleinen Sieg über die Zeit errungen, er war wieder jung und so ... entrationalisiert. Seit seiner Ankunft hatten sie noch keine Gelegenheit gefunden zu einem jener vertraulichen und für Jan stets so inspirierenden Gespräche, die letztlich Grund seiner Besuche hier waren. Stattdessen fand er Chaos und Lärm: Dinnerpartys, das ständig klingelnde Telefon, zu laut aufgedrehte Gershwin-Musik, *Rhapsody in Blue* die halbe Nacht und Renas Lachen, das wie Wind klang, der mit dem Laub spielte, oder wie ein paar schnelle, in Moll angeschlagene Triller auf dem Klavier..., die zwischen Adam und ihr hin- und herschwirrenden Blicke, die zur Folge hatten, dass die beiden immerfort verschwanden und ihn sitzen ließen mit einer aufgeregt bellenden Hündin, die zu allem Überfluss demnächst ihre Jungen zur Welt bringen sollte, aber da würde er, Gott sei Dank, bereits abgereist sein.

Der Hund, fuhr es ihm durch den Sinn, war es, warum

er sich nicht wohl fühlte hier! Ja, Rena und diese Schäferhündin Dascha, die ihn nicht aus den Augen ließ, argwöhnisch jede seiner Bewegungen registrierte und ihn der Freiheit beraubte, gelassen seiner Wege zu gehen, während Rena sich nicht genug um ihn kümmerte, um den Hund selbstverständlich, fügte er in Gedanken schnell hinzu, denn anstatt ihn zur Ordnung zu rufen, erklärte sie Jan, wie er sich zu verhalten habe, wo er doch Dascha mochte und sich um sie bemühte, denn manchmal, wenn niemand es sah, steckte er ihr schnell einen Bissen aus dem Eisschrank zu, den sie auch annahm, aber immer mit diesen ein wenig verächtlichen Augen, bevor sie ihn forttrug und im Garten verzehrte. Dann folgte er ihr neugierig, verlor sie aus dem Blick, weil er Rena draußen entdeckte, auf deren Haar das Licht den Schatten fing, und plötzlich sprang wieder Dascha mitten in seine ruhigen Betrachtungen hinein und an Rena hoch, und er erinnerte sich daran, während er noch immer in seinem Zimmer am Fenster stand, dass er sich in solchen Augenblicken gefragt hatte, ob er noch jemand war, den man lieben könnte, oder ob die Liebe nun für immer zu einer Abwesenden geworden war und die Abwesenheit zu einer Begleiterin, die sich an seine Bettkante setzte in der Dunkelheit. Ja, er hatte immer alles haben können im Leben, aber alles wurde in einem einzigen Augenblick nichts, wenn man plötzlich etwas begehrte, von dem man bislang nicht gewusst hatte, dass es existierte.

Sollte ich durch einen Hund zum ersten Mal erfahren, dachte Jan, während er vom Fenster aus Rena zwischen ihren Gästen beobachtete, was es heißt, zurückgewiesen zu werden?

Hör zu, Dascha, ich bin kein schlechter Mensch, ich bin kein Einbrecher, kein Mörder, auch kein Sittenstrolch, ich werde Rena nichts tun und Adam schon gar nicht. Ich bin ein müder, einsamer Mann, der ein bisschen Frieden finden möchte, und weil es sich gerade so trifft, hier in diesem Haus. Vielleicht habe ich die Liebe immer angenommen als etwas, das selbstverständlich war, vielleicht habe ich sie oft zu leichtherzig zurückgewiesen, aber ich habe dir nie etwas getan, das dir Grund gäbe, sie mir so beharrlich zu verweigern.

Dascha hatte ihm mit schräg gelegtem Kopf und aufgerichteten Ohren zugehört, ihr Nackenfell gesträubt und ihm weiterhin, wenn er aus dem Haus treten wollte, den Weg versperrt. Gelang es ihm dennoch, die Schwelle zu überschreiten, folgte sie ihm mit ihrer Schnauze so nahe an seiner Wade, dass er nicht sicher war, ob ihre Zähne bereits den Stoff der Kleidung streiften, und am liebsten wäre er sogleich umgekehrt, hätte sie ihn nur wieder ins Haus zurückgelassen.

Wenn er Rena rief, weil er sich mit ihr unterhalten wollte, kam stattdessen Dascha angelaufen, und wenn er auf der Terrasse saß und sich gerne ein wenig näher zu Rena gebeugt hätte – gar nicht wegen des Grashalms auf ihrem nackten Schulterblatt, sondern wegen des Buches, das sie las und dabei so versunken war, dass er nicht wagte, sie zu stören –, lag Dascha lang ausgestreckt und wachsam wie immer zwischen ihnen.

Wie gelähmt saß er dann auf seinem Stuhl, und die Sonne tanzte in seinen Augen und brannte Renas Bild ein in seine Gedanken, Rena, die so nahe war und unerreichbar in diesem harten, hellen Licht, und die er nur deshalb so anstarrte, um dem Blick der Hündin nicht zu begegnen.

Durch die offene Verandatür drückte die Abendschwüle wie eine klebrige Masse und sie hatten alle um den Tisch herum Platz genommen. Rena servierte das Essen, und Jans Tischnachbarin, deren Name er bereits vergessen hatte, erhob sich, um ihr zu helfen. Sie drehte sich zu Jan und sagte entschuldigend: „Sharon, ich heiße Sharon." Mit einem scheuen Lächeln wendete sie sich dann zu Adam: „Als ich dich das letzte Mal sah, hattest du noch keinen Hund."

Und eine andere Frau, dachte Jan.

Dascha sei ihm zugelaufen, hörte er Adam sagen, und er habe nie herausfinden können, ob sie ausgesetzt oder davongelaufen war.

„Ihre Intuition, ihre Klugheit oder ihr Instinkt, nennt es wie ihr wollt", sagte Adam, habe sie in einem einzigen Augenblick erkennen lassen, dass sie ein Zuhause finden konnte hier. Die Hündin habe ihn sofort zu ihrem Herrn erwählt und beschlossen, bei ihm zu bleiben. Er musste für sie die Erfüllung ihres Bestrebens bedeuten, „das wir Menschen vielleicht Hingabe nennen: Sie verschenkte ihre Liebe, ohne etwas zu erwarten dafür."

Während Jan Adam zuhörte, betrachtete er Rena, die noch immer neben dem Tisch stand und sich jetzt zu dem Hund beugte.

„Du bist ein kluges Tier, Daschenka." Sie vergrub ihr Gesicht im Fell der Hündin und murmelte immer wieder deren Namen, zufrieden und zärtlich, als würde in dem Wort all das mitschwingen, was sie nun selbst besaß. Mehr noch als in all den Sätzen, die sie an Adam richtete, hörte Jan in diesem einzigen Wort Daschenka, eine Innigkeit, hörte er die Sehnsucht, die sie mit ihren Geschichten verschleierte, und – den Triumph. Sie hatte sich verraten und er empfand Genugtuung, aber auch, obwohl er sich dagegen wehrte, einen jähen Schmerz.

Aus Dankbarkeit dafür, dass er sie angenommen hatte, fuhr Adam fort, folge sie ihm, wohin auch immer er ging, und empfinde es als ihre Aufgabe, ihn zu beschützen, mehr noch, ihr Leben schien darin seinen Sinn gefunden zu haben.

Rena, die aufmerksam zuhörte, sagte: „Ich glaube, es ist eine Liebe, wie sie unter Menschen kaum existiert, immerwährend und bedingungslos, und jetzt erst begreife ich, was es heißt, durchs Feuer zu gehen für jemanden, denn Dascha würde ihr Leben geben für Adam."

Sie sagte es ernst, ohne jemanden dabei anzusehen, als hätte sie die anderen vergessen, und Jan konnte seine Augen nicht von ihr wenden.

„Und du", sagte er leise, „würdest du es nicht auch für ihn tun?"

Sie hob ihren Kopf und schaute hinaus in den Garten. „Ich hoffe es", sagte sie, „und genau darin liegt der Unterschied."

Es war auf einmal ganz still im Raum, obwohl Jan sicher war, dass ihnen niemand zugehört hatte. Der Himmel draußen hatte mittlerweile alles Licht verschluckt, und die Gesichter der Gäste um den Tisch herum leuchteten matt in der Dämmerung. Irgendwann setzte wieder wie selbstverständlich die Melodie der Stimmen ein und legte sich über das leise Klirren von Besteck und Geschirr.

„Silly dog", hörte Jan eine winzige Stimme zu seinen Füßen und entdeckte Sara, sie musste die Tochter jener Dawn sein, die am anderen Ende des Tisches saß und von deren nackter Haut, als er vorhin neben ihr gestanden hatte, die Sonnenhitze früherer Stunden ausgegangen war. Ihr Kind lag quer über Dascha und zog an deren Ohren, während Dascha ihr über das Gesicht leckte. Zuerst vorsichtig, dann kühner näherte Jan seine Hand der Schäferhündin und legte sie schließlich auf ihren Kopf. Sofort wich sie zurück und knurrte kaum hörbar. Dann erhob sie sich und ging zu Adam, an dessen Seite sie sich seufzend niederließ.

„Die Intelligenz von Dascha", sagte Adam im selben Augenblick, zeige sich unter anderem darin, dass sie sofort wisse, wem zu trauen sei und wem nicht, „und interessant daran ist", fügte er hinzu und schaute Jan an, "meistens hat sie Recht."

"Ich bin schon öfter von düsteren Gestalten belästigt worden", unterbrach ihn Rena eifrig, und jedes Mal habe Dascha die Gefahr sofort und früher als sie selbst erkannt.

"Bei so viel heldenhaftem Benehmen", murmelte Jan, "sollte man sich in Anbetracht der menschlichen Unzulänglichkeiten die Frage stellen, ob in der Evolution nicht ein Fehler unterlaufen ist bei der Auslese: warum der Mensch und nicht der Hund?"

"Sagten Sie eben, Sie haben auch einen Hund?" Sharons Nachbar, der sich als Jürgen vorgestellt hatte und der dem Akzent nach Deutscher sein musste, lachte. "Wir Hundebesitzer sind ein eigenes Volk: immer gleich Verständigung, Einverständnis, Sympathie und in jedem Falle ein Gesprächsthema. Meine Frau und ich, wir haben uns durch unsere Hunde kennengelernt, obwohl ich damals noch nicht englisch sprach und sie nicht deutsch. Übrigens, wir bekommen einen von Daschas Welpen."

"Wirklich?" Jan hob höflich seine Augenbrauen.

"Wird den Kindern gut tun und", Jürgen packte mit der Hand ein Stück seiner Körpermasse unterhalb der Rippen und lachte dröhnend, "meinem Speck auch."

Rena winkelte die Arme an und wiegte sie hin und her. "Viele, viele Kleine", sie versuchte zu lächeln, aber sie sah ein bisschen verloren aus und Jan bemerkte, wie Adams Blick sie kurz streifte und er dann wegsah.

"Du wirst Rotz und Wasser heulen, wenn du sie hergeben musst", sagte Jürgen fröhlich.

Sara schrie: "Ich möchte einen Wal."

"Wie kommst du denn auf einen Wal?", fragte Jan.

"Im Swimmingpool kann er schlafen", sagte Sara. "Ich decke ihn am Abend zu wie meine Puppen."

„Haben Sie schon gehört", meldete sich ein junger, etwas bleicher Herr zu Wort, mit diesem, wie Jan es im Stillen zu nennen pflegte, tragischen Gesichtsausdruck eines Intellektuellen, der sich stets für alles verantwortlich fühlt, „dass sich die Überlebenschancen von Herzinfarktpatienten um einen beträchtlichen Prozentsatz erhöhen, wenn sie mit Tieren leben, da sich der Umgang mit Tieren in Bezug auf kardiovaskuläre…"

„Hunde sind wirklich komisch, sie erheitern mich", fuhr ihm eine junge Frau dazwischen. Sie hieß Laura, erinnerte sich Jan, und wäre er näher bei ihr gesessen, hätte er jetzt leicht das Thema wechseln können, er war sich ganz sicher. Als wüsste sie das, warf Laura ihren Kopf in den Nacken und schüttelte lachend ihr rotes Haar, das schön war wie ihr langer Hals. „Katzen", sagte sie und schaute zuerst Jürgen und dann Jan aus schmalen, schrägen Augen an, „scheren sich einen Dreck um uns, was mir persönlich lieber ist."

„Ich kenne eine traurige Hundegeschichte", fing nun auch noch Jans Tischnachbarin Sharon an, legte das Besteck auf den Teller, lehnte sich in ihrem Stuhl zurück und schloss einen Moment lang die Augen. „Meine Schwester hatte einen Hund und einen Mann, ich meine, sie hatte einen Mann und auch einen Hund." Sie lachte ein bisschen hilflos und sah dabei so anziehend aus, dass Jan überlegte, ob hier vielleicht eine Möglichkeit bestand, denn er hatte gehört, dass sie geschieden oder aus welchen Gründen immer alleinstehend war, und als könnte sie seine Gedanken lesen, drehte sie sich zu ihm. „Dann bekam ihr Mann Krebs, und kurz nachdem er gestorben war, starb auch der Hund. Ich meine, das hört man ja oft, dass Hunde am Grab ihres Herrn sitzen und an gebrochenem Herzen zugrunde gehen."

Ich kann nicht mehr, dachte Jan. Ich halte das nicht mehr aus. Ich habe eine Reise um die halbe Welt hinter mir, ich leide unter Jetlag oder Schlaflosigkeit, ich bin nicht hierher gekommen, um mich einen ganzen Abend lang über Hunde zu unterhalten und über die bevorstehende Geburt der Welpen, außerdem als Zeuge aufzutreten eines Glücks, an das ich nie glaubte, schließlich wurde dieses Essen mir zu Ehren gegeben, und der Raum ist voller schöner Frauen, dort hinten zum Beispiel sitzt eine reizende Japanerin, der ich von meiner Pilgerreise zu den buddhistischen Tempeln erzählen könnte und den dreizehn Stempeln in meinem Tagebuch, aber natürlich hatte Rena die Tischordnung so bestimmt, dass für ihn jeder Kontakt mit der Japanerin von vornherein ausgeschlossen war. Die scherzte stattdessen mit dem Dichter, der neben ihr saß, kicherte und hielt dabei anmutig die Hand vor den Mund, während sie mit der anderen die Serviette nahm, weil sie ihm, wie Jan hören konnte, da Sharon neben ihm noch immer aus Trauer schwieg, Origami erklärte und andeutungsweise vorführte, wie man, Gott sei's gedankt, keinen Hund, sondern einen Frosch faltete. „Tiere sind verwunschene Seelen", flüsterte die Japanerin, und Jan sagte, bevor ihr Nachbar antworten konnte: „Allerhöchstens haben sie Gefühle", aber sie fuhr fort: „Und die wenigsten Menschen können das verstehen."

„Ihr zweiter Mann", Sharons Stimme kehrte zurück aus der Abwesenheit an seiner Seite, „brachte auch einen Hund in die Ehe und hatte dann auch Krebs, und am Tag nach seinem Tod bekam der Hund Krebs und starb noch in derselben Woche wie sein Herr."

Rena ist schuld, dachte Jan erzürnt. Sie schien niemandem zuzuhören, sondern beobachtete Adam mit diesem leuchtenden und besitzergreifenden Blick, den er schon an ihr gesehen hatte, und als Adam ihr den Kopf zuwandte, lächelte sie und senkte ihr Gesicht. Rena und diese Hündin, die Adam ebenfalls nicht aus ihren sprechenden, ängstlichen und besorgten Augen ließ, in denen sich ein ganzes Herz offenbarte. Unsinn, dachte Jan. Und dennoch: beneidenswert.

„Wenn der Wal stirbt", sagte die kleine Sara und schlang ihre dünnen Arme um Daschas Hals, „begraben wir ihn im Garten unter den Blumen."

„Als meine Schwester ihren dritten Mann kennenlernte", begann Sharon eben weiterzuerzählen, als das Läuten eines Telefons das Gewebe der Stimmen zerriss. Nur Dascha hechelte laut.

Ein etwa fünfzigjähriger Mann, der den ganzen Abend stumm auf seinem Sessel gesessen hatte und der, wenn Jan sich nicht täuschte, Jeffrey hieß, suchte in seinen Jackentaschen nach dem Handy, erhob sich rasch und drehte sich mit dem Rücken zum Tisch.

Noch immer sprach niemand.

„Ich kann jetzt nicht, Kristin", sagte Jeffrey leise. Er versuchte zwischen den hochgezogenen Schultern seinen vorgebeugten Kopf mit dem Handy am Ohr zu verbergen.

„Alle Menschen, die nicht mit Tieren leben, versäumen eine wesentliche Erfahrung", setzte der bleiche Intellektuelle höflich die unterbrochene Konversation fort.

„Und diejenigen, die mit ihnen leben, sehen irgendwann so aus wie ihre Vierbeiner", meinte Jan.

„Besser ein Hunde- als ein Eselskopf."

Rena und ihr Lachen, der dämmrige Raum, das matte Kerzenlicht und die krampfartigen Geräusche, die jetzt aus dem Handy zu hören waren. „Ja, sie ist jung", sagte Jeffrey.

Es vergingen wieder ein paar Sekunden, in denen wie vorhin seltsame atemlose Laute zu vernehmen waren, bis sich diesmal der Dichter neben der Japanerin bemühte, das Schweigen zu brechen: „Ich habe nie etwas Interessantes zu erzählen, obwohl jeder denkt, ich habe ein aufregendes

Leben. Künstler! Dichter! In Wirklichkeit ist mein Leben schlicht, tatsächlich ist es ein langweiliges Leben. Meine Arbeit dagegen ist aufregend. Was aber kann ich über meine Arbeit erzählen, das für irgendjemanden von Interesse wäre? Daher ist es besser zu schweigen, denn ich will doch nicht sagen, beispielsweise, dass ich in diesen leidenschaftlichen Sommertagen wie in einer goldenen Frucht lebe, ja, wie in einer Passionsfrucht oder im Fleisch einer reifen Mango." Er hielt kurz inne und zog ein Notizbüchlein aus seiner Westentasche, in das er schnell ein paar Worte schrieb. „Ich habe auch keinen Hund, aber, liebe Freunde, ich muss sagen, eure Argumente haben mich fast überzeugt, abgesehen davon, dass, was niemand noch erwähnt hat, wir uns mit einem Tier der uns entfremdeten Natur wieder nähern, und daher, wenn du, Rena..."

Jeffreys Stimme, inzwischen aus der anderen Ecke des Zimmers, klang noch immer ruhig, aber um eine Nuance schärfer, als er wiederholte: „Sie ist jung. Meistens sind sie jung. Was macht das schon für einen Unterschied!"

„Ich wollte nur sagen, Rena und Adam", fing der Dichter wieder an, „falls dieses schöne Tier einen großen Wurf in sich trägt und ihr noch nicht alle Welpen vergeben habt, nun, wie soll ich sagen, ich wäre interessiert daran, einen zu nehmen."

Jans Tischnachbarin Sharon richtete ihre Augen auf ihn und lächelte zart. „Als meine Schwester zum dritten Mal heiratete, sagte sie zu ihrem Mann, ich will keinen Hund mehr, nein, wir werden keinen Hund haben. Ein paar Jahre waren sie sehr glücklich..." Sie unterbrach sich, sie schluckte, atmete schnell und versuchte noch einmal zu lächeln.

Jeffrey kam zurück an den Tisch und setzte sich wortlos. Er schaute auf seinen Teller und begann wieder zu essen.

„Als unser Labrador Churchill eingeschläfert wurde...", meldete sich die junge, rothaarige Frau mit Namen Laura zu

Wort, wobei sie zu dem Intellektuellen blickte, und jetzt erst wurde Jan bewusst, dass die beiden ein Paar sein mussten, was jenseits seines Vorstellungsvermögens lag, denn wie konnte diese schöne, provozierende Laura mit ihren lichterlohen Haaren, die ihm gerade erst einen ihrer wunderbar zweideutigen Blicke geschenkt hatte, bei diesem tragischen Jüngling enden, „ja, es war schrecklich", fuhr sie fort, „so wie wir es uns niemals hätten ausmalen können. Es ist wie der Tod eines Familienmitglieds. Erinnerst du dich, Peter?" Und dabei schaute sie nicht ihren Mann an, sondern der Reihe nach Rena, Sharon, Adam, Dawn und die Japanerin, sogar Jürgen, und vergaß, mich anzusehen, stellte Jan gereizt fest.

„Und dann sind die beiden, meine Schwester und ihr dritter Mann, an einem sonnigen Tag…", führte Sharon neben ihm mit der Beharrlichkeit einer Traumtänzerin ihren Monolog fort, „an einem fast windstillen Tag beim Segeln ertrunken." Sie senkte ihre Lider, presste ihre Augen zu, und als sie sie wieder öffnete, spiegelte sich in ihnen das Kerzenlicht.

„Unser Tierarzt hat ihm die Injektion gegeben." Laura schien sich mit dem Sprechen zu beeilen, als hätte sie Angst, ihre Geschichte nicht zu Ende zu bringen, oder Angst vor den immer größeren Pausen, die jetzt den Raum einnahmen wie vorhin, dachte Jan wehmütig, Renas Lachen, Renas Leuchten. „Er ist ein Genie und alle Patienten lieben ihn, ich meine", Laura lachte nervös, „warum nicht, ja, wahrscheinlich auch seine Patienten. Als Peter mit Churchill dort war, man stelle sich das einmal vor, sechzehn Jahre unseres Lebens haben wir mit ihm verbracht, und als Churchill dann eingeschlafen war, mit seiner Schnauze an Peters Hand, brach mein Mann völlig zusammen und unser Tierarzt brachte ihn selbst nach Hause. Und dann hat er uns eine Karte geschrieben, weil er Churchill ja auch sechzehn Jahre lang gekannt hatte, und als ich las, was er schrieb und wie er es formulierte, da wurde mir bewusst, dass es draußen in der Welt wahrscheinlich Worte für die Menschen gibt und andere oder gar keine für die Tiere... Ihr versteht schon, was ich meine: dass es Menschen gibt, die würden bestimmte Worte nur für Menschen verwenden und niemals für Tiere, als hätten die Tiere kein Recht darauf... Eigentlich wollte ich aber sagen: Nach so einer Erfahrung gibt es nur eine Möglichkeit. Nie wieder einen Hund. Oder, vielleicht: sofort einen neuen."

„Warum nicht ein Kind?", fragte Saras Mutter, die die meiste Zeit nur zugehört hatte, gereizt.

Laura richtete ihren Rücken sehr gerade. „Ich werde es dir sagen", antwortete sie, „weil nicht alle, nicht alle so..."

Wieder läutete Jeffreys Telefon.

Und wieder waren diese verschluckten, hohen, hastig hervorgestoßenen Laute zu vernehmen, und es kam Jan vor, als würde er die Ausweglosigkeit hören, die er immer für einen stummen Zustand gehalten hatte, jetzt hatte sie auf einmal eine Stimme bekommen, die aus dem Handy in diesen Raum strömte.

Er hörte Jeffrey leise in seinem Rücken sprechen. „Lass uns nachher darüber reden", bat er, „es ist jetzt nicht der richtige Zeitpunkt", obwohl er doch wissen musste, dass es den nie gab, schon gar nicht für diese Frau, die so beharrlich nach ihm rief.

„Vielleicht sollten wir alle auf die Terrasse gehen", schlug Rena vor, aber niemand rührte sich.

„Ich wollte dir ersparen, dass du es durchs Telefon erfährst", stieß Jeffrey plötzlich erregt hervor. Dann schwieg er eine Weile und lauschte. „Leg auf, ich bitte dich, leg jetzt auf oder sag mir, ich soll es als Erster tun, mein Gott, worauf wartest du?"

„Schaut doch in die Sterne", sagte Rena. „Sie lachen."

„Sie lachen uns aus", erwiderte Saras Mutter bitter.

„Dawn", sagte der Dichter zu ihr gewandt, und noch einmal: „Dawn. Mein Morgenlicht."

„Hör doch endlich einmal auf mit deiner Dichtung", fuhr diese ihn an. „Kommt dir das nicht irgendwie bekannt vor: ‚Sie ist jung. Sie sind immer jung.' Auch ich bin jung, falls du es nicht mehr weißt." Sie hielt Sara, die eingeschlafen war, in ihrem Schoß, und plötzlich, als würde sie sich besinnen, senkte sie den Kopf und klammerte sich an ihr Kind. Vor ein paar Stunden hatte sie eine Sonne unter ihrer Haut, dachte Jan.

„Probleme, wohin man schaut", erklärte Jürgen mit seinem deutschen Akzent, „aber es war ein netter Abend."

„Solange man über Hunde sprach", murmelte Jan.

„Ich liebe dich nicht mehr", sagte Jeffrey im selben Augenblick in sein Telefon. „Ja, so ist es wohl. Ich wollte es dir ersparen, ich meine, das so zu hören, aber..."

Ich liebe dich nicht mehr.

Wie ein Echo schienen Jan die Worte widerzuhallen und sich in seinem Kopf zu vermengen mit anderen Sätzen und Stimmen, aber weil ich mir einredete, hörte er sich selbst aus alledem heraus, dass Liebe meistens nichts weiter ist als ein Irrtum, eine Ausflucht, Illusion, habe ich versucht zu vergessen, ich habe mich abgelenkt und mir aufs Neue etwas vorgemacht, da es doch nicht sein kann, dass sich letztlich alles darum dreht, habe mich belogen und betrogen, mehr noch als die anderen, und dennoch: zu sterben, sagte plötzlich etwas in ihm, mit dieser Leere in deinem Herzen, wo du sie endlich gesehen hast..., ohne zu wissen..., es ist mir unerträglich, in deinen Augen..., Rena, diese Liebe, die ich nie fühlte und die mir nie galt...

Jeffrey stand schweigend im Raum und starrte auf sein Telefon. Schließlich ging er aus dem Zimmer. Die Haustür fiel ins Schloss, und ein paar Sekunden später heulte ein Motor auf, knirschte der Kies, und sogleich, als wären alle diese Geräusche nur Einbildung gewesen, herrschte wieder Stille.

„Ich gebe der Sache immer drei, vier Jahre", sagte Jürgen. Er griff nach dem Salzfass, das neben seinem Teller stand. „Nach drei, vier Jahren, wie gesagt, bittet er sie beim Abendessen, Liebling, reich mir doch das Salz herüber, und sie, sie weiß eigentlich nicht genau warum und tut es doch, absichtlich und schadenfroh schiebt sie ihm den Pfeffer hin."

„Ich glaube", unterbrach ihn die rothaarige Laura und atmete tief ein, „das ist eine Gelegenheit, euch zu sagen…"

„Nein, nicht jetzt, Laura", sagte der Intellektuelle schnell und wurde noch bleicher.

„Dascha, komm her zu mir." Jan bewegte nur seine Lippen, aber sofort stellte sie ihre Ohren auf, ihr Blick wurde fragend, dann unschlüssig. Schließlich erhob sie sich, tatsächlich, sie erhob sich und kam zu ihm, zögernd und schwerfällig, als bereitete ihr das Gehen auf einmal große Mühe, aber sie kam, zum ersten Mal, und wies ihn nicht zurück. Neben seinem Stuhl ließ sie sich nieder, und als wollte sie ihn beruhigen oder trösten, dachte Jan erstaunt, legte sie ihren Kopf auf seinen Fuß.

Er beugte sich zu ihr und streichelte über ihren Kopf, scheu und sich selbst fremd. „Was ist das für eine Liebe…", sagte er leise und vielleicht bewegte er wieder nur seine Lippen, aber sie hob den Kopf und sah ihn wie vorhin an, „die du in deinem Herzen trägst, ohne es zu wissen, und um die wir dich so beneiden?" Wie hatte Rena gesagt: Daschenka. „Und die wir alle teilen wollen mit dir."

Die Hündin erhob sich und ging zu Adam, stand eine Weile neben seinem Stuhl, stieß dann mit der Schnauze an seinen Handrücken, und als er noch immer nicht reagierte, rieb sie ihren Kopf daran. Er beugte sich endlich zu ihr, murmelte ein paar Worte. Sie lief ein paarmal im Kreis, kam wieder zu ihm, verschwand schließlich durch die Tür, kehrte sofort zurück, setzte sich, stand erneut auf. Ihre Zunge zitterte unter heftigen Atemstößen. Sie scharrte aufgeregt auf dem Teppich und wimmerte dabei leise.

„Beruhige dich, Dascha", sagte Adam.

Beim Klang seiner Stimme hielt sie inne, wendete ihm ihren Kopf zu, wedelte schwach mit dem Schwanz und schlich dann müde davon durch die Tür, um gleich darauf nervös durch das ganze Haus zu rennen.

„Heißt das…", sagte Rena und riss ihre Augen weit auf.

„Wahrscheinlich haben wir uns verrechnet", meinte Adam.

„Wie lange dauert die Schwangerschaft bei Hunden?", fragte der Dichter.

„Trächtigkeit", sagte Dawn, „es heißt Trächtigkeit."

Rena schaute aufgeregt um sich und dabei blieb ihr Blick an Jan hängen, zum ersten Mal an diesem Abend, sie sah ihm nur ganz kurz in die Augen, es war wie eines dieser Versehen, die Verwirrung entfachten, und zum zweiten Mal innerhalb kurzer Zeit fühlte Jan so etwas wie Zärtlichkeit…, Leichtigkeit, einen Taumel, Jubel, Dascha, jetzt bist du meine Verbündete, und ganz plötzlich wieder Ruhe, fast war es eine nüchterne Kälte, in der sich scharf und klar ein Gedanke formte: Sie würde die ganze Nacht bei Dascha bleiben. Er würde nicht mehr einsam sein in der lähmenden Dunkelheit und, Rena, du wirst mich ansehen und mir sagen, was…

„Vielleicht", unterbrach eine leise Frauenstimme seine Gedanken, „wollen Sie heute lieber woanders übernachten?" Er drehte sich überrascht in die Richtung, aus der die Stimme kam. Laura, Dawn, von der Japanerin wusste er nicht einmal den Namen, Sharon? Sie saßen da und lächelten.

„Bereiten wir uns also", hörte er im selben Augenblick Adam sagen, „auf eine schlaflose Nacht vor." Er lachte, und Rena fuhr hoch, als wäre sie eben ertappt worden, sie schaute zu Adam, schaute zu Jan, sie erhob sich schnell und errötete.

„Überlegen Sie es sich, ich meine..., es ist nur ein Angebot", sagte die Stimme.

Alles ist immer wie immer

„Schau", sagte sie, „es sieht aus wie eine Theaterkulisse."

Auf einer Anhöhe, zwischen Olivenbäumen, Pinien und Zypressen, stand ein kleines Restaurant. Das Haus war alt: fast trotzig schien es sich in die Erde zu krallen, als wollte es seinen Anspruch darauf behaupten, und wirkte dennoch verloren hier, erinnerte vielmehr an einen Zirkuswagen oder eine Schaubude, die bei der flüchtigen Abreise eines Jahrmarktes in der südlichen Landschaft vergessen worden war. Die leuchtend gelbe Fassade hinauf und über das grün gestrichene Dach lief eine Girlande farbig blinkender Glühbirnen, und auf einer Terrasse unter der Pergola stand ein alter Schaukelstuhl neben Tischen und bunten Plastiksesseln. Der durchsichtige Mond hing über den grellroten Buchstaben der *Bar du Siècle*, er war noch so jung und zart, nicht mehr als ein Hauch, und manchmal schien er kaum merklich im Wind sein Gleichgewicht zu verlieren.

Vorher in der Stadt, die sie seit Tagen schon besichtigen wollten, war die Hitze wie eine Plastikfolie, unter der sie zu ersticken drohte, an ihrer Haut geklebt.

Paul hatte sich auf eine Bank legen müssen, und sie war neben ihm gesessen und hatte seine Hand gehalten, und es war ihr plötzlich durch den Sinn gefahren, dass sie die Unsterblichkeit nun endgültig verloren hatten, vielleicht schon seit langem, vielleicht gerade eben erst mit dieser müden Trauer, die sich so hartnäckig in ihr Herz fraß, und sie fragte sich verwundert, wie man mit dem Verlust dieser wilden, leidenschaftlichen Ahnungslosigkeit leben konnte.

„Glaubst du", hatte sie leise zu ihm gesagt, „dass das Leben früher besser war?"

Er hatte nicht geantwortet, und als sie sich zu ihm drehte, wusste sie nicht, ob er schlief. Er hatte den Strohhut über sein Gesicht geschoben.

Am späten Nachmittag waren dann vom Horizont her Wolkenschnüre aufgezogen, aber vor einer Stunde hatte sich der Mistral erhoben, zögerlich noch und wie ein von weit her Reisender, der eben erst in dieser Landschaft angekommen war. Jetzt riss er bereits Löcher in den Himmel und fegte Lavendelduft in die Nacht.

Sie betraten die Terrasse des Restaurants und setzten sich an den letzten freien Tisch.

„Hier könnte ich leben", sagte Paul. „Jeden Morgen aufwachen mit dem Blick auf Weinberge und Zypressen, mit dem Wind, der..."

„Ich würde die Stadt vermissen", unterbrach ihn Clarice. „Was willst du hier schon tun, wenn du nicht Maler bist oder Weinbauer oder Dichter?" Sie wusste nicht, warum sie so schnell, fast atemlos sprach. „Ich könnte sie nicht ertragen, diese großartige Natur immer um mich herum und dabei ständig an meine eigene Nichtigkeit, meine Bezwingbarkeit, mein unfähiges Herz erinnert zu sein. Meine ganze elende Vergänglichkeit."

Sie fühlte, wie ihr heiß wurde in den Augen, sie presste sie zusammen, wartete und fuhr dann ruhiger fort: „Städte sind wie Menschen, voller Kleinlichkeiten, Laster, voller dummer Ecken und Banalitäten, sie sind menschlicher, irgendwie menschlicher als die Natur, weil sie unsere eigenen unzulänglichen Erfindungen, unsere eigenen bösen Hirngespinste sind."

Paul streifte sie mit einem kurzen Blick. „Wir sprechen von verschiedenen Dingen", sagte er.

„Ich möchte Menschen begegnen und nicht Landschaften."

„Das kannst du mittlerweile überall, es gibt doch kein Entkommen mehr. Hier, zum Beispiel, um dich herum, versammelt auf einer kleinen Terrasse *in the middle of nowhere* hast du Menschen aus halb Europa: die typisch englische Middleclass-Familie dort hinten, an dem Tisch da drüben Holländer und in deinem Rücken Vater, Mutter, Tante, Onkel, Kinder, la France profonde…"

„Und dann noch wir", sagte sie.

In den Olivenbäumen zappelte plötzlich der Wind, und ein kleines Mädchen kreischte, weil er unter die Tischtücher fuhr und sie aufblähte und ein paar bunte Servietten als tänzelndes Geleit mit sich nahm.

„Mir würde nichts mehr einfallen hier", sagte Clarice.

„Willst du, dass ich dir eine Szene schreibe? Jetzt gleich, über diesen Augenblick? Angenommen, der Schrecken bricht plötzlich ein in diese südliche Idylle. Wir sitzen alle in einem kleinen Restaurant, so wie hier, als auf einmal der Herold aus dem Dorf den Weg heraufgelaufen kommt…, nein, nein", sagte er schnell, weil Clarice lachte, „das wird kein altmodisches Märchen, der Herold erscheint in heutiger Kleidung…"

„Aber die Posaune hat er vermutlich doch dabei."

„Trompete."

„Nein, Fanfare."

„Auf jeden Fall: Tatarata", Paul blies die Backen auf und lachte jetzt auch, „also, er steht da…"

„Außer Atem, stolz und wichtig…"

„Ihm ist das alles egal. Sture Pflichterfüllung. Er verkündet uns, dass Russland gerade den Krieg erklärt hat gegen Frankreich, dass die Panzer hereinrollen ins Land wie ein giftiger Lavastrom…"

„Warum immer Krieg", sagte sie, „warum immer die Russen?"

„Fang jetzt nicht schon wieder mit Tschechow an und deiner Nostalgie..."

„Er glaubte an ein besseres Leben, er glaubte, dass alles besser würde, schon morgen. Du erzählst immer nur vom Untergang und..."

„Unsinn. Aber wer kann heute noch ernsthaft daran glauben, dass die Zukunft ein besseres Leben verspricht?"

Ich habe kein Kind, dachte Clarice. Sie fühlte, wie eine Hoffnungslosigkeit auf ihre Lider drückte. Am Ende bekam sie noch Migräne. „Also, da kommt der Herold...", sagte sie langsam.

„Und nun ist die Frage, und das wäre doch eine wunderbare Szene, wie reagieren die Menschen hier in diesem Restaurant darauf? Die einen kriegen einen Schrecken, er ist ihnen sofort ins Gesicht gemalt, das sind die ewigen Schwarzseher und Opfer der eigenen Voraussicht, mag sein, dass sie in Panik geraten, während die Holländer dort drüben in aller Seelenruhe weiteressen und abwarten, weil sowieso nichts mehr daran zu ändern ist. Die englische Familie dagegen glaubt es nicht, beginnt aber sofort interessiert darüber zu diskutieren, was passieren würde, wenn der Herold die Wahrheit spräche. Die Kinder wiederum finden das alles sehr aufregend, sie wollen auch einmal in die Posaune blasen und am liebsten auch ein bisschen schießen. Die Franzosen schließlich würden sagen, das ist doch nur der Dorftrottel, der sich einen schlechten Spaß erlaubt, eigentlich nicht einmal das, denn er ist ja ein Idiot, der nichts dafür kann, was er sagt..."

„Aber der weise Mann erkennt, dass er nichts weiter als ein Narr ist ... oder so ähnlich, glaube ich."

Ein junges Mädchen kam mit einer Wasserkaraffe an den Tisch. Sie lächelte, während sie die Bestellung auf einen winzigen Block schrieb. „Ich bin Studentin", sagte sie unvermittelt und sah Paul in die Augen. In ihren sprühten Lichter. Sie steckte den Block in ihre Jeans, zwischen Gürtel und Haut. „Möchten Sie den Hausaperitif probieren?"

„Wenn Sie glauben", sagte Paul und lächelte ebenfalls, „dass er uns glücklicher macht?"

Sie sah ihn neugierig an, mit ein wenig dunkleren Augen. „Ganz bestimmt", sagte sie und löste sich im Wegdrehen nur langsam aus seinem Blick.

Clarice schenkte sich Wasser ein und hob ihr Glas. „Trinken wir lieber auf den Frieden." Sie hielt inne in ihrer Bewegung, mit der sie das Glas an die Lippen führte. „Sag mir, wie würde ich auf die Nachricht des Herolds reagieren?"

„Du würdest mich anschreien", meinte er freundlich, „dass alles meine Schuld sei."

„Früher", sagte sie nachdenklich, „hättest du dir irgendetwas Schönes ausgedacht für mich. Da wäre ich eine Heldin in deiner Geschichte gewesen oder eine Zauberin oder ein Himmelsbote oder die geheimnisvolle Frau..."

„... und ich hätte dich begehrt", führte er ihren Satz zu Ende.

Er erhob sich lächelnd – vielleicht, dachte Clarice, war es noch das Lächeln von vorhin, als das Mädchen an den Tisch kam, dieses noch nicht erloschene Lächeln, dessen Verglühen sie gerade noch erhaschen durfte, seinen Widerschein – und schlenderte zur Straße, wo er das Auto geparkt hatte.

Clarice legte den Kopf in den Nacken und starrte in den Himmel. Der Wind floss wie kaltes Wasser durch ihr Haar, und sie schloss die Augen, sie lag im Wasser auf dem Rücken, nur ihr Gesicht ragte heraus wie eine Insel, um die der Seetang ihrer Haare trieb, und irgendwann würde sie vergessen haben, dass sie auf dem Wasser lag und sie würde einfach...

Paul kam zurück an den Tisch. Er hatte sich eine alte

Decke um die Schultern gewickelt und eine Schimütze aufgesetzt, die seit letztem Winter im Kofferraum lag.

„Fühlst du dich nicht gut?", fragte sie. Die Windstöße waren heftiger geworden und rissen einige Schlitze in die immer noch heiße Luft.

Der Holländer am Nebentisch begann laut zu lachen, als er sah, wie Paul sich mit der Schimütze wieder setzte, und beugte sich über den Tisch zu seiner Begleiterin, worauf diese sich schnell zu ihnen drehte und ebenfalls loslachte.

Alle starrten plötzlich zu ihrem Tisch, und Paul neigte lächelnd seinen Kopf.

Die Glühbirnengirlande schimmerte jetzt wie eine Perlenkette, als hätte die Nacht sich ein Schmuckstück umgelegt. Clarice konnte den Mond nicht mehr finden. Mein Gott, dachte sie, ich liebe ihn.

Und plötzlich war der Mond wieder da, älter jetzt, prall mit Farbe gefüllt, orange, und es schien Clarice, als würde zuerst nur sie diese leise Stimme hören, die mitten in die herzlose Heiterkeit auf der Terrasse schnitt: „Darling", eine fast schwebende und behutsame Stimme, „ich kann sehen, dass du ein Intellektueller bist." Und danach einen Atemzug lang nur die Nacht, der Wind, bevor sich das Gewirr der Worte wieder zu einer Melodie fügte.

Paul schaute über Clarices Kopf hinweg in die Richtung, aus der die Stimme kam. Sein Blick war befremdet, überrascht, verwundert, alles ganz schnell hintereinander, und dann entdeckte Clarice diesen verstohlenen Glanz der Bewunderung in seinen Augen, und in derselben Sekunde, in der sie sich umdrehte, eilte eine groß gewachsene Frau an ihr vorbei um den Tisch herum zu Paul. Wie eine Tänzerin streckte sie ihre schmalen Arme aus und nahm seinen Kopf in ihre Hände. „Darling", sagte sie wieder und seufzte. Sie schob mit einem nachsichtigen Lächeln die Mütze von seinem Kopf und berührte mit ihren Lippen seinen Scheitel. Er bewegte sich nicht, ließ sie gewähren in einem jähen, fast zärtlichen Einverständnis, und dabei suchten seine Augen Clarice. Er sah sie nachdenklich an, und als fühlte die Frau seinen Blick, hob sie ihren Kopf. Ihr kurz geschnittenes glattes Haar betonte ihren langen Hals und unterstrich ihre knabenhafte Anmut. Vielleicht entdeckte sie Clarice erst jetzt.

„Wie schön du bist", sagte sie. Sie ging wieder um den Tisch herum, diesmal zu Clarice, deren Kopf sie ebenso behutsam in ihre Hände nahm, und murmelte: „Ich konnte es sofort sehen. Hab ich dir gesagt, dass du schön bist?" Sie drückte ihre Lippen auf ihr Haar, aber Clarice war nicht sicher, ob sie es sich nur eingebildet hatte, denn im nächsten Augenblick kauerte sich die Frau neben ihren Stuhl, wo ein kleiner Hund winselte, nahm ihn in den Arm und legte ihre Wange an seinen Körper. „Gerade habe ich darüber gesprochen", ihre Stimme war sehr leise, „ich sagte, Kinder und Tiere sind die Einzigen, denen ich vertraue."

Sie streichelte den Hund, sie schien alles um sich herum zu vergessen, und Clarice konnte den Blick nicht von ihr wenden, selbst ganz versunken in die Versunkenheit der anderen, die so anziehend war, so betörend und gleichzeitig so beunruhigend, dass sie erschrak, als sich die Augen der Frau plötzlich triumphierend auf sie richteten.

„Habe ich vielleicht Unrecht?" Vorwurfsvoll, anklagend schnellte der Satz in ihre Augen, aber wieder dachte Clarice, vielleicht habe ich mich getäuscht, denn sogleich fuhr die Stimme in ihrer weichen Melodie fort: „Eine Bombe schlug ein, die uns vergrub. Es war in der Underground in London, aber ich habe den Namen der Station vergessen." Die Frau hob ihr Gesicht und suchte Paul.

Sie ist die hellste Frau, fuhr es Clarice durch den Sinn, die ich jemals gesehen habe. Alles Licht rundherum schien sich unter ihrer Haut verkriechen zu wollen und von dort zu leuchten in eine mattere, erloschene Welt hinein. Nur ihre Augen waren dunkel.

„Ist das nicht sonderbar, ich habe den Namen vergessen von dem Ort, wo ich das erste Mal in meinem Leben starb!" Sie klammerte sich an den kleinen Hund. „Gerade bevor die Bombe einschlug, war mir mein Hund davongelaufen auf dem unterirdischen Bahnsteig neben den Gleisen. Ich lief hinter ihm her, ich schnappte ihn, ich glaube, ich war einmal ein fröhliches Kind, trotz des Krieges, ich hielt ihn fest, ich lachte, ich weiß es genau, dass ich in dem einen Augenblick lachte und im anderen unter Schutt und Steinen lag, und irgendwann begriff ich, dass ich am Leben war und mein Hund, den ich noch immer an mich gepresst hielt, tot. Später erfuhr ich, dass dort, wo ich gestanden hatte, bevor ich ihm nachlief, genau an dieser winzigen Stelle irgendwo in der Welt, die Bombe durch die Erde schlug."

Sie hielt inne. Sie kauerte noch immer auf dem Boden. Ihr Blick irrte durch die Nacht, fand sich schließlich in Pauls Augen wieder. „Ich weiß nicht, ob ich damals von einer Sekunde zur nächsten weiße Haare bekam. Als ich mich das nächste Mal sah, war ich schneeweiß. Und ich war noch immer zwölf Jahre alt."

Sie erhob sich. Sie trug ein türkisblaues ärmelloses Hemd und einen engen kurzen Rock. Ihre nackten Füße steckten in silbernen Sandalen, die bei jedem Schritt klapperten, als sie plötzlich ins Innere des Hauses verschwand: ein Kind mit weißen Haaren, eine alte Frau im unversehrten Körper, irgendwann, zu früh herausgeworfen aus der schmalen Spur der sich selbst verschlingenden Jahre, ein junges Mädchen, Frau und Kind, die ahnungslos in den eingeschlagenen Spiegel der Zeit blickten, und ein zersplittertes Bild starrte zurück.

Clarice schreckte hoch. Sie schaute verwirrt um sich, und fast gleichzeitig, mit der Verzögerung zwischen Wahrnehmung und Erkennen, schob sich die Welt um sie herum wieder zusammen. Ich habe geträumt.

Die Frau stand wieder neben Paul.

„Woher kommen Sie?", hörte Clarice Paul leise fragen.

Die Frau blickte ihn überrascht an. Sie antwortete nicht gleich, schien sich zu besinnen. „Irland", sagte sie schließlich, leise wie er. Wieder seufzte sie kaum hörbar. „Warum habe ich dich nicht früher getroffen?" Ein kleines Lachen löste sich von ihren Worten. „Ich hab es sofort gefühlt, dass du mich verstehst. Meine Intuition hat mich noch nie im Stich gelassen. Glaubst du nicht auch, dass die Menschen an einer Krankheit leiden, oder vielleicht ist es gar keine Krankheit, sondern nur eine Art Mangel, ich meine, diejenigen Menschen, denen diese innere Stimme fehlt? Irgendwo muss dieses noch nicht entdeckte Organ im Körper sitzen, nein, nein, nicht die Seele und auch nicht das Herz, etwas anderes, das dieses Flüstern erzeugt in dir, ich höre es immer, aber es macht mir nicht Angst. Nur die Stille in einem muss schrecklich sein." Sie lachte wieder, ratlos, hoch, diese flügelschlagenden Töne, die fortschwirrten aus ihrem Mund und kurz hängen blieben an der Nacht.

„Nicht wahr, er ist ein Intellektueller?" Sie drehte sich zu Clarice. „Wie gelangt so ein Mann bloß in dieses verschlafene Nest am Ende der Welt? Ich bin Irin", wiederholte sie, „und wir hatten große Dichter."

„Joyce", sagte Clarice. Sie hatte laut gesprochen, aber es kam ihr längst schon vor, als wären sie allein auf der Terrasse. Niemand schenkte ihnen Beachtung.

Die Augen der Frau leuchteten. „Wie klug du bist", sagte sie sanft. „Und wer war der zweite?"

„Beckett."

„Beckett", murmelte die Frau. „An ihn habe ich nicht gedacht." Sie kauerte sich wieder nieder, balancierte auf ihren Zehenspitzen und legte ihre angewinkelten Unterarme auf die Tischplatte, sodass sich ihr Gesicht beinahe auf derselben Höhe befand wie Clarice und Paul.

„John?" fragte sie mit dieser leisen Stimme, die sich manchmal erst ihren Weg suchen musste aus einer unbekannten Ferne. Sie sah Paul erwartungsvoll an.

„Samuel", sagte der ebenso leise.

„Ach ja." Sie schloss die Augen.

„An wen haben Sie gedacht?", fragte Clarice. Wieder fuhr sie zu laut in das feine Gewebe der Worte, das sich zwischen Paul und der Unbekannten spann.

„Ich habe es vergessen." Die Frau legte ihre Wange auf den Unterarm. „Ich habe die ganze Welt gesehen. Manchmal bin ich so müde." Ihre Augen waren noch immer geschlossen, dünnhäutige Wölbungen in einem weißen Gesicht. „Ich arbeitete als Mannequin, und aus meinem Körper wuchsen die Kleider, ich hatte so viele Häute, war so viele Frauen zugleich und immer anders, ich bin um die halbe Welt getanzt in diesen Verkleidungen, unerkannt und verborgen, bin geflogen und gerannt auf einem schmalen Steg, und es ist ein Wunder, dass ich nicht eines Tages angelangt bin vor einer Wand und versehentlich hinausspaziert durch die Tür aus der Welt. Wenn ich auf den Boden schaute oder den Blick hob in die Ferne, immer sah ich nur diese vorgeschriebene Linie, auf der ich Schritt vor Schritt setzte, meine hastigen Bahnen zog, und es gab so wenig Raum, ich empfand solchen Schwindel in diesem engen Tunnel, aber dann kam der Mann, der mir sagte, bleib stehen, einfach befohlen hat er es mir, damit ich endlich aufhörte, stets eine andere zu sein, ein Bild, eine Hülse, er grub mich aus", sie lachte hell, „ich war ja zugedeckt von Steinen, von einer ganzen Decke, die mir auf den Kopf gefallen war, von Bildern und bunten Stoffen, von Blicken und diesem donnernden Lärm, durch den eine Sirene drang, die sich mir für immer durchs Gehirn bohrte, verschüttet unter Schreien, Verkleidungen und Träumen, ich hasste es, wenn sie träumten von mir, und meine Haare waren ganz weiß." Sie hielt erschöpft inne.

Der Wind hatte sich gelegt, so plötzlich, wie er in diese Landschaft eingedrungen war. Clarice schaute in den Himmel. Er sieht aus wie punktiert, dachte sie.

„Wir heirateten, und er war Jude. Jeder sagte mir, es sei ein Fehler. Wo der Krieg doch längst vorbei war. Und sogar dann. Warum ist es ein Fehler, fragte ich, aber ich bekam keine Antwort darauf." Sie strich sich zerstreut ihre kurzen Haare aus der Stirn. „Ich heiratete einen Juden", sagte sie stolz und lächelte. „Ich liebte ihn. Er war Physiker. Atomphysiker. Er zeigte mir noch einmal die Welt, und sie sah diesmal anders aus. Er war ein Intellektueller. Mein Gott, wie ich ihn liebte." Sie beugte sich nahe zu Paul. „Ich werde dir eine Geschichte erzählen. Du glaubst, du hast sie tausendmal gehört, aber das sind nur die Worte drum herum. In Wahrheit würdest du dich niemals an sie erinnern, wenn sie dir selbst widerfährt: Ich habe geliebt und das war mein Unglück…"

„Genug jetzt, Darling", unterbrach sie eine tiefe Stimme. Ein breitschultriger, groß gewachsener Mann kam auf ihren Tisch zu. Die Frau richtete sich langsam auf. Er war jünger als sie. Seine Haut war dunkel von der Sonne, und der Wind hatte seine fast kinnlangen Haare zerrauft. Er lächelte, aber seine Stimme klang ernst. „Tut mir Leid", sagte er zu Paul, ohne ihn anzusehen, und ohne eine Antwort abzuwarten, legte er eine kräftige Hand auf die Schulter der Frau. „Wir waren heute lange aus." Sie wirkte zerbrechlich neben ihm. „Du hast einen schönen Tag gehabt. Es ist schon spät." Er sagte es zärtlich, sanft beinahe, und sie sah ihn aufmerksam und nachsichtig an.

„Ja", sagte sie. „Natürlich."

„Wir werden jetzt heimfahren."

Sie senkte ihren Kopf wie ein gehorsames Kind. Er nahm sie vorsichtig an der Hand, und sie ließ sich wegführen. Vor einer Limousine, die Clarice erst jetzt bemerkte, blieben sie stehen. Als er die Tür öffnete, entwischte sie ihm und lief zurück zu Paul.

„Ich muss dich wiedersehen", flüsterte sie atemlos. Ihr Blick glitt unruhig über die Tische, kehrte zurück zu Paul, klammerte sich an ihn, machte sich wieder davon und ging in der Nacht verloren. „Alle sitzen so unbekümmert und ahnungslos da", stieß sie hastig hervor, „schau nur um dich: wie sie lachen und reden und heute noch glücklich sind. Aber du", sie beugte sich ein wenig vor, „du hast mehr begriffen als die anderen. Du weißt, dass jede Minute des Lebens, die vorübergeht, ohne dass etwas Schreckliches geschieht, an ein Wunder grenzt…"

„Darling", rief der breitschultrige Mann.

Ihr Rücken schnellte hoch. Im selben Augenblick tauchte aus dem Hausinnern das Mädchen auf, das irgendwann einmal, dachte Clarice, eine Bestellung entgegengenommen hatte. Sie trug ein Tablett. Den Aperitif hatten sie längst vergessen. Clarice schaute auf die Uhr.

„Ich komme, ich komme ja sofort", murmelte die Frau.

Mit einem Kopfnicken lächelte sie Clarice zu und streckte Paul ihre schmale Hand hin. „Finden Sie nicht", sagte sie zu ihm und lachte verschmitzt, „dass der Mond heute ein bisschen unschlüssig ist?" Sie sah auf einmal jung aus und heiter, im nächsten Augenblick ernst, schwermütig, wieder um jene Jahre gealtert, die ihr nicht mehr gehörten. „Würden Sie mir gestatten, Sie an einem anderen Tag wiederzusehen?" Und dann mit dieser fast schwebenden Stimme, die immer um eine Nuance leiser war als ihre Umgebung: „Ich möchte mich gerne mit Ihnen unterhalten."

Sie wartete keine Antwort ab, sondern lief leichtfüßig zum Auto, wo ihr der Mann die hintere Wagentür aufhielt. Sie fasste nach dem Türrahmen. Einen Moment lang stand sie regungslos da, als hätte sie sich verausgabt und müsste erst wieder zu Kräften kommen, bevor sie hineinschlüpfte, ohne zurückzuschauen.

Paul sah ihr nach. Kann es sein, dachte Clarice, dass er immer von einer solchen Frau geträumt hat? Was für ein absurder Gedanke, schalt sie sich sogleich.

„Wahrscheinlich ist sie betrunken", hörte sie eine Stimme von einem der Tische hinter ihr. Sie drehte sich um, aber sie schaute nur in lachende, kauende, undeutliche Gesichter.

Sie sah sich plötzlich auf dem Weg da unten stehen, wie vorhin, und das Restaurant auf dem Hügel entdecken, sah sich selbst hier sitzen wie in einer beleuchteten Auslage, erstarrt und leblos zwischen all den anderen Schaufensterpuppen, oder wie aufgemalt auf einem Abziehbild, das man vom Hintergrund der Landschaft lösen konnte und aufkleben an jedem beliebigen Fleck der Welt. Wieder überfiel sie die Sinnlosigkeit, die sie schon am Morgen in der Stadt gelähmt hatte, und wieder spürte sie dieses Flimmern vor ihren Augen, eine Unruhe, als würde jemand Fremder ihre Gedanken durchqueren und seinen Schatten auf sie werfen, alles sich auflösen in ein geballtes, auswegloses Grau. Ich werde mich anfreunden müssen mit dir. Ich werde nun jeden Tag meinen kleinen Tod sterben.

Dann saß sie wieder in dem Restaurant und hörte die Stimmen um sich, auf dem Tisch lag die Schimütze, alles war wie immer, und die windstille Nacht war jetzt ein freundliches Loch.

Der Dampf, der von dem Teller vor ihr aufstieg, trieb ihr die Tränen in die Augen. Sie senkte den Blick und starrte auf ihre Zehen in den Sandalen, ihre rot lackierten Nägel, lächerlich, sie hasste rote Nägel, auf ihre noch immer von der Hitze geschwollenen Beine.

„Phantastisch! Hast du das gehört?" Pauls Stimme, leiser als sonst, ganz nahe bei ihr. „Ich möchte mich mit Ihnen unterhalten." Er schaute in die Richtung, in die das Auto verschwunden war, und obwohl Clarice alles nur ungenau wahrnahm, erkannte sie dennoch diesen eigentümlichen Glanz in seinen Augen wieder.

Ich bin noch jung, dachte sie, mit einer kalten Einsamkeit im Herzen, verzweifelt, heftig: Aber ich bin doch noch so jung.

Sie begriff nicht gleich, woher die schmeichelnde Melodie kam, ein Fetzen Musik gewordener Wind, der über sie hinwegstrich und ein bisschen an ihrem Herz rüttelte, und sie überlegte, dass es Tage gab, an denen man liebte, und andere, an denen man nicht liebte, und dass man nie genau wusste, warum es so war.

Sie hob den Kopf. Sie wollte Paul etwas fragen. Einen Augenblick lang lauschte sie der Musik oder dem Schmerz oder den Stimmen, bevor sie das Besteck aus der Serviette wickelte und langsam zu essen begann. „Die haben sogar eine Jukebox hier", sagte sie.

Vorzeitig abgebrochen

In senkrechtem Flug stieß der Pelikan ins Meer. Als Esther ihre Hand über die Augen hielt gegen die Sonne, verwandelte er sich in ein Flugzeug, das auf das Wasser zuraste, mit der Spitze voran, plötzlich fast stillstand, ganz langsam dann und geräuschlos, wie in Zeitlupe in den Tod schwebte, metallene, gleißende Kapsel aus Einsamkeit, Angst.

Im nächsten Augenblick glitzerte und lärmte wieder der Ozean, schaukelte der Pelikan auf den Wellen und wusste Esther mit einer Klarheit, die sie befremdete und beunruhigte, dass sie ihr Leben ändern wollte. Sie blinzelte in die Sonne, der Pelikan richtete sich kurz auf, schlug mit den Flügeln, öffnete den Schnabel, er lachte.

Oben auf den Klippen fuhr der Küstenzug nach Los Angeles vorbei und übertönte pfeifend ein paar Sekunden lang das Tosen des Wassers. Der Himmel war prall gespannt, eine dünne Haut mit so viel Licht dahinter, dass er jeden Moment platzen konnte. Ein Mann in Bergschuhen und mit einem Rucksack ging zwischen ihr und dem Meer über den Strand. Auf ihrer Höhe angelangt, rief er: „Are you experienced?" Und sie erwiderte einfach: „Ja."

Er blieb stehen, kam näher, ließ den Rucksack in den Sand gleiten, schaute sie schweigend an und sagte schließlich: „That is simply a scary story for domestics. Have a good day." Er hängte sich den Rucksack wieder über die Schulter und stapfte weiter.

Esther legte sich zurück in ihre Körperform aus Sand, in diese sonnenwarme Schale und starrte in das unmerklich eingetrübte Blau über ihr, durch das seltsame Gestalten zogen, ein fliegendes Pferd, ein Vogel, Reptil, ein durchlöchertes Ohr, eine … ganz normale Wolke, vor die sich Svens Gesicht schob, und dann sprühte ein feiner Regen in ihre Augen, ein bisschen Salz, es brannte, und Sven ließ sich neben sie in den Sand fallen. In seiner Augenbraue hatte sich ein Insekt verfangen, an seiner Wange klebte Sand. Sie hätte ihre Arme um ihn schlingen können, halt mich, halt mich so fest, wie ich auf einmal weiß, warum.

„Was stellst du dir unter Glück vor?"

Er lächelte. Er zog sie in seine Arme. „Eine schöne Frau, eine gute Flasche Wein, Pazifik, Palmenschatten, nicht an morgen denken, einfach nur jetzt, wir …"

Sie rückte ein wenig ab von ihm, betrachtete ihn neugierig. Er hatte die Augen geschlossen. Einen Tag lang die Welt und sich selber durch seine Augen sehen. „Meine Vorstellung von Glück", sagte sie, „war einmal so ähnlich wie deine."

Die Wolken fingen an sich aufzulösen, zerteilten sich, wurden Skelette, Bilderschatten in wechselndem Grau, fügten sich wieder lose zusammen, ein gesprenkeltes Federtuch, das träge den Himmel zudeckte. Die Sonne hatte einen scharfen, schmerzenden Rand, gleich würde sie ins Wasser tauchen, wer weiß, wie sie es heute tat.

„Gestern sagtest du", murmelte er, „das größte Glück würde für dich die Fähigkeit bedeuten, die Zeit einzufrieren, die Augenblicke…"

Ach gestern, Liebling! Sie konnte den Pelikan nicht mehr finden zwischen den Surfern in ihren Gummianzügen, die auf dem Wasser dahintrieben wie schwarze Vögel. Sie sprang auf, sammelte die Kleidungsstücke und Handtücher ein, Sonnencreme, Bücher, Walkman, schlüpfte in ihr T-Shirt und die Shorts.

Sie spürte, wie ihr der Sand über die Haut rieb, den sie auch im Mund hatte, in den Haaren und vielleicht auch dann noch in ihren Schuhen, wenn sie übermorgen wieder in Europa aus dem Flughafen traten und ein Taxi heranwinkten, in dem ein Taxifahrer zu laut aufgedrehte Songs hörte und davon träumte, über staubige Freeways zu rasen, während er sie auf regennassen, neonschimmernden Straßen zu ihren verschiedenen Adressen heimbrachte, jeden in seine Wohnung, die man fast schon heizen musste. In den Geruch und die Farbe des Alltags zurückgekehrt, würde sie vor ihrem leeren Eisschrank stehen mit diesem brennenden Ball im Herzen, sich aber davor hüten, ihn anzurufen, stattdessen die Kleider, in deren salziger Feuchtigkeit sie noch einmal besitzergreifend ihr Gesicht vergrub, schnell in die Waschmaschine stopfen und sich schließlich ins Bett legen, eine Schlaftablette auf der Zunge, weil ihr Körper oder irgendetwas von ihr noch in einer anderen Zeit weilte, in der Sonne Kaliforniens, neben ihm, und ein anderer Teil von ihr zum Trommeln des Regens einschlief und am nächsten Morgen nach drei Wochen zurück in der Arbeit war: strahlend, ausgeruht, erfolgreich, gut verdienend, unabhängig, allein.

„Was sagtest du gerade?" Er stand neben ihr, hielt ihr den Jane-Austen-Roman hin, in dem sie vorhin gelesen hatte.

„Nichts, gar nichts." Sie errötete leicht, warf ihm einen misstrauischen Blick zu. Sie blies den Sand vom Buchdeckel. „Was das damals für ein Stress gewesen sein muss", fügte sie schnell hinzu, „ich meine, nicht als alte Jungfer zu enden in Jane Austens Tagen." Sie lachte, steckte das Buch in die Tasche. „Im Grunde drehte sich alles darum, eine mehr oder weniger gute Partie zu machen, Hauptsache, es irgendwie in die Ehe zu schaffen, um nicht als ewige Tochter, ältliche Schwester oder schrullige Tante auf die Barmherzigkeit einer launischen Verwandtschaft angewiesen zu sein." Sie holte tief Luft. „Diese himmelschreiende Ungerechtigkeit, diese Passivität, zu der wir Frauen verurteilt waren! Darauf warten zu müssen, dass sich gnädigst einer unser annimmt!"

Und hier stand sie nun, zweihundert Jahre später, vor diesem Ozean, dessen ununterbrochenes Rauschen, Singen und Murmeln, Kommen und Gehen der Wellen, seine selbstverständliche Anwesenheit ihr seit Tagen eine so schmerzliche Beständigkeit vermittelten, wer weiß, vorgaukelten, eine Kontinuität, die ihrem Leben fehlte.

Das Klicken der Kamera ließ sie hochfahren. Zwischen Sven und ihr joggte ein Paar vorbei und winkte ihr zu.

„Die festgehaltene Empörung einer emanzipierten Frau", sagte er grinsend. „Ich denke doch, dass du immerhin *diesem* Stress nicht ausgesetzt bist."

Sie warf ihm eine Hand voll Sand an die Brust. „Was weiß ein Mann davon", sagte sie ein bisschen lachend, ein bisschen lamentierend, verspielt. Etwas anderes fiel ihr nicht ein, nur diese kleine stechende Traurigkeit. Hinter ihm ragten die Klippen orangerot, von innen brennend, in den Himmel, zerflossen die Farben, vermischten sich die Stunden, und er stand da, wie auf einer Ansichtskarte mit herzlichen Grüßen drauf, einem Bild ohne Rahmen und Titel, lachte und schwieg, so wie er in anderen Augenblicken geschwiegen hatte, in denen es so einfach gewesen wäre, etwas zu sagen.

Bald bin ich sechsunddreißig, dachte sie, bald bin ich vierzig, bald bin ich alt. Die Sonne war inzwischen untergegangen. Ihr Umriss trieb noch auf dem glühenden Wasser, und den Horizont entlang kroch die Silhouette eines Flugzeugträgers wie ein filigranes Spielzeug.

Aber er begehrt mich, flüsterte sie in das Brausen des Ozeans, ich weiß, dass er mich begehrt. Sie fühlte Svens Hand in ihrem Nacken, er zog sie an sich, und während sie Arm in Arm über den Strand schlenderten, in das Muster unzähliger Sohlen traten, auf Spuren gingen, die wie ihre eigenen in ein paar Stunden bereits nicht mehr vorhanden waren, wiederholte sie sich, dass er sie begehrte, und bis jetzt hatte ihr das auch genügt, was heißt genügt: einzig und allein darauf war es ihr angekommen, leidenschaftlich, unbeugsam und frei zu leben, weil sie immer davon ausgegangen war, dass eines Tages etwas anderes, Schwerwiegenderes, Unbekanntes, Forderndes sie erwartete. Sie musste sich nur entscheiden.

Aber die Zeit, fuhr es ihr durch den Sinn, der Pelikan, die Angst. Auf den Klippen raste der Küstenzug diesmal in die andere Richtung. In seinen Fenstern flog der ausgestochene Himmel vorbei, eine Kette aufgefädelter, glänzender Vierecke, wie eine tänzelnde Drachenschnur.

„Unser letzter Abend hier", sagte sie.

Eine Frau mit dunkler Sonnenbrille und riesigem Hut, über den sie einen Schal geschlungen und unter ihrem Kinn festgebunden hatte, mit weißen Handschuhen und langen Ärmeln und Hosen, ging an ihnen vorbei. Um den Hals hing ein Schild aus Pappe, auf dem „Achtung Melanomgefahr" geschrieben stand. Am Himmel zerplatzten rote Äderchen, und langsam erlosch die leuchtende Luft.

Eine junge Frau, die in einer Gruppe von Leuten unter einem Sonnenschirm neben Picknickkörben saß, winkte und rief ihnen etwas zu, das sie nicht verstanden wegen der Schreie der Möwen, des berstenden Wassers, eines knatternden Helikopters, der aus den Wolken aufgetaucht war und hinwegkreiste über sie. Ein Vogel trippelte neben ihnen den Meeressaum entlang und pickte mit seinem Schnabel eine gelochte Linie in den Sand. Als wollte er den Strand, dachte Esther, abtrennen vom Meer.

Das nasse Badezeug klatschte ihr gegen die Waden, Jane Austen schlug ihr ans Knie, und gerade, als sie an der Gruppe vorbeigehen wollten, kam ein junger Mann auf sie zugelaufen mit zwei Plastikbechern in der Hand. „Wir trinken auf die neuen Anfänge", sagte er atemlos, und von der Gruppe rief jemand: „Auf ein neues Leben!"

Der junge Mann nickte, übergab ihnen ein wenig steif und feierlich die halbvollen Plastikbecher, nahm Esther an der Hand und zog sie zu den anderen. Sie drehte sich um zu Sven. Er folgte ihnen.

„Wie heißt du", fragte die junge Frau, die ihnen zugewinkt hatte. Ihr Arm lag auf den Schultern eines Mädchens. „Ich bin Marissa."

„Esther."

„Hi, Esther." Ein Mann mit Bart, in ein Tuch gewickelt wie ein Jünger, hob seine Hand. Sven redete mit dem Mädchen.

„Ich bin John, ganz einfach John, ich lebe in der Grotte weiter unten in den Klippen."

„Seit Jahren haust er dort", sagte eine Frau, „stimmt's, Johnny? Jetzt ist er berühmt, ich meine, jeder am Strand kennt ihn."

„Und was tust du in der Grotte?", fragte Esther.

„Meditieren. Ein paar Gräser, ein paar Pilze kultivieren, lesen, schreiben..."

„Predigen", fuhr ihm jemand ins Wort, „vom Ende unserer Kultur, vom Untergang der Welt."

„Ich habe alles gesehen", sagte John bescheiden, „ich habe alles erlebt. Zweifelsohne sind wir an einem Ende angelangt, und wenn wir Glück haben, wobei man sich fragen muss, ob es denn ein Glück ist, befinden wir uns noch am Anfang von diesem Ende."

„Ich bin Tom." Ein Mann um die fünfzig erhob sich ein wenig aus seinem Schneidersitz und schüttelte Sven und Esther die Hand. „Ich arbeite an der State University da unten", er zeigte Richtung Süden, wo unter einem niedrigen, noch hellen Himmel bereits ein paar Lichter glitzerten, „ich unterrichte Politikwissenschaft."

„Und ich bin seine Studentin", das Mädchen neben Marissa lachte, „aber das darf niemand wissen."

„Woher kommt ihr", fragte Tom.

Sven setzte sich in den Sand und zog Esther neben sich. „Aus Deutschland, Berlin."

„Meine Vorfahren", stimmten mindestens fünf Stimmen ein, „sind auch aus Deutschland." Alle lachten.

„God bless America", rief jemand.

„Ich heiße Carey", sagte eine etwa vierzigjährige Frau. „Ich male mit einer Freundin Häuser aus, wir haben sozusagen unser eigenes kleines Zweifrauenunternehmen. Übrigens, wenn ihr heute noch nichts zum Übernachten habt, könnt ihr bei mir schlafen." Ohne eine Antwort abzuwarten, wandte sie sich an Sven. „Was machst du?"

Er lächelte. „Seit ein paar Stunden will mir der Gedanke nicht mehr aus dem Kopf, mich für einen Forschungsauftrag hier zu bewerben, ein oder zwei Jahre nach Kalifornien zu gehen…"

„Und deine Kinder?" Esther bereute die Frage im selben Moment, aber noch in ihre Worte hinein, fast gleichzeitig mit dieser kalten Welle, die von innen gegen ihre Körperwände schlug, donnerte der Küstenzug vorbei. In der nächsten Sekunde hörte sie wieder den Ozean, sagte sie schnell: „Sven ist Herzchirurg." Sie fühlte seine Augen auf sich. Am liebsten wäre sie aufgestanden und davongegangen.

„Dort drüben ist Chuck, mein Freund", sagte Carey. „Er arbeitet in der Küche von dem Restaurant, in dem ich einmal bedient habe. Und du?" Sie wandte sich an Esther. „Was machst du?"

„Karriere", sagte Esther. Sie schaute dem Zug nach, der vor ihren Augen zu einem Faden schrumpfte. Der Strand schwebte um sie herum im blaurosa Dunst wie losgelöst vom Boden der Welt, und Sven hatte vergessen, dass es ihr letzter Abend hier war. „In Wirklichkeit macht sie viele verschiedene Dinge." Sven lachte, während sein Blick sie wieder streifte.

Wir reden wie ein Paar, dachte sie, einer für den anderen.

„Sie arbeitet wahrscheinlich mehr als wir alle zusammen..."

„Und deshalb denke ich plötzlich", fiel sie ihm ungeduldig ins Wort, „wozu das alles eigentlich? Versteht ihr, es ist völlig unwesentlich, was ich tue, weil ich mein Leben ändern will."

In die kleine Stille hinein rief jemand etwas wie „reinvent yourself", und Carey sagte: „Bei uns Frauen tickt hörbar und fühlbar eine andere Uhr, ständig müssen wir uns beeilen mit allem, was wir leben wollen."

„So um die vierzig", fügte Marissa hinzu, „da weiß man, jetzt ist etwas für immer vorbei. Es muss wie der Tod mitten im Leben sein. Und dann lebt man wahrscheinlich weiter mit diesem Riss in sich selbst, mit dieser Trauer, mit..."

„Mein Hund hat heute einen Mann gebissen", unterbrach sie eine Stimme, „im Garten ist mein Kaktus zusammengebrochen, buchstäblich zerfallen, vor ein paar Tagen habe ich erfahren, dass meine Dattelpalme, der einzige Baum in dieser Asphaltsiedlung mit Plastikgras, dass meine alte authentische Palme stirbt, der Katze meiner Nachbarin wurde gestern ein Bein amputiert, und wenn ich zum Strand gehe, wo doch alles pulsierendes Leben ist und elementare Wucht, was höre ich: Endzeit, Trauer, Untergang, Tod..., fehlt vielleicht noch etwas?"

„Die Liebe", sagte Esther.

„Es gibt kein Entrinnen", sagte John, der Einsiedler, sanft, als im selben Augenblick ein etwa fünfundzwanzigjähriger Mann über den Strand auf sie zugelaufen kam. Er trug ein paar Weinflaschen und hatte eine Stange Pappbecher unter den Arm geklemmt.

„Wir können heute kein Feuer machen", rief er, „weil ein Stück weiter oben am Strand gleich ein Jazzkonzert beginnt."

Er bemerkte Esther und Sven. „Willkommen auf unserer Party! Ich bin Mike. Wie lange seid ihr schon zusammen?"

Esther schaute ihn verwundert an und musste plötzlich lachen. „Erst ein paar Monate", sagte sie und mit einer veränderten, nachsichtigen Stimme fuhr sie fort: „Ich wollte mir mein Herz entfernen lassen, weil es mich hauptsächlich störte, wollte endlich einmal herzlos leben, und da traf ich Sven – er ist Herzchirurg und wir wohnen beide in Berlin –, der mir jedoch davon abriet und mir stattdessen eine Therapie vorschlug, die meinem Herz tatsächlich zusagte, ich konnte mich also mit ihm versöhnen, mit meinem Herzen, vorübergehend, wer weiß, die Dinge halten selten, sind so fragil…" Sie versuchte wieder zu lachen, stocherte mit einem Holzstück im Sand herum, in die vorbeihuschenden Bilder hinein, aufgespießte, sich windende Illusionen.

„Und wie lange bleibt ihr in Amerika", fragte Mike.

Sie hob ihren Blick. „Bis morgen", sagte sie, und die Bilder waren verschwunden.

Über ihren Fußrücken krabbelte ein Käfer, der Sand war noch warm von seinem Tag in der Sonne und der Himmel hatte sich zögernd verdunkelt. Die Wellen wuchsen inzwischen heftiger als vorhin in Höhen, aus denen sie sich lärmend und schäumend fallen ließen, sich ein wenig einrollten dabei, sogleich wieder aus sich selbst herausschnellten, fast verlangend nach dem Strand hin streckten, um schließlich murmelnd und besänftigt über den Sand zu gleiten wie in eine ersehnte Umarmung.

„Was feiert ihr denn?" Sven hatte seinen Arm um ihre Schultern gelegt.

Der Käfer krabbelte nun auf den Ozean zu, schillernd, zielstrebig, eine Anhäufung von Molekülen, winzige, verletzbare Welt innerhalb der riesigen, unüberschaubaren.

„Das neue Leben", sagte wieder der junge Mann, der sie

vorhin aufgehalten und hierher gebracht hatte. „Die neuen Anfänge!"

„Die Liebe", sagte Marissa, „die Liebe und die..."

„Das müsst ihr uns erklären", fiel ihr jemand ins Wort.

„Ich sammle nämlich Liebesgeschichten", rief der junge Mann.

„Wie kann man nur Liebesgeschichten sammeln", erwiderte die Studentin.

„Die wahren, nicht die erfundenen", fügte er hinzu, und eine Frau mit dunkler Stimme hauchte: „I love lovestories."

Esther schaute Sven an, den Ozean mit seinen noch immer wie Bojen auf den Wellen torkelnden Oberkörpern der Surfer, den jetzt blaugrauen, mit dem Meer verschwimmenden Strand.

„Wir feiern", erklärte Mike, „die Zusammenführung einer Familie."

„Da fällt mir eine Geschichte ein für deine Sammlung." Carey musterte den jungen Mann. „Ich hab sie unlängst in der Zeitung gelesen. Ein junger Mann, er muss in deinem Alter gewesen sein, überquerte telefonierend die Straße. Er sprach so angeregt und konzentriert in sein Handy, dass er das Auto nicht sah, das viel zu schnell näher kam und ihn überfuhr. Er starb noch auf der Straße. Ein Augenzeuge berichtete, dass der junge Mann heiter gewirkt, dass er mit der Person am anderen Ende der Leitung gelacht habe und zärtlich gewesen sei, und dass er, der Augenzeuge, sogar die letzten Worte des Mannes gehört habe, bevor ihn die Kühlerhaube des Autos erfasste und in die Luft schleuderte. Als der Polizist jedoch das Handy, das an den Straßenrand geschlittert und überhaupt nicht beschädigt war, aufhob, sah er, dass es nur ein Spielzeugtelefon war..."

Ein hallendes Mikrofonlachen flog von weiter oben den Strand entlang, sprang über die Wellen, zerstob. Eine verzerrte Männerstimme zählte bis drei, räusperte sich raschelnd, ging im Singsang des Wassers unter. Der Horizont sammelte das letzte Licht ein, die Klippen glühten noch einmal purpurfarben auf und der Ozean kam näher, zog sich zurück, kam wieder näher. Ich werde ihn vermissen, dachte Esther.

„Man stelle sich vor", hörte sie Carey sagen, „nur so ein Plastikding mit ein paar Knöpfen drauf und Tasten für die Kinder…"

„Was waren denn", unterbrach sie Sven, „seine letzten Worte?"

Carey drehte ihm langsam ihr Gesicht zu. Sie sah ihn nachsichtig, fast mitleidig an. Dann schaute sie hinaus aufs Wasser und in die Ferne. „Er soll ein Einzelgänger gewesen sein. Er soll sich immer nach Liebe gesehnt haben. Ins Telefon hat er der Frau, die er nie hatte, gesagt…, er hat ihr gesagt…" Sie wischte sich mit einem Finger über ihr Unterlid, ohne den Blick von dem sich jetzt rasch vertiefenden Blau zu wenden, deutete auf den jungen Mann. „Warum fragst du nicht ihn? Er weiß, wie solche Geschichten enden."

„Wieso ich? Ich habe überhaupt keine Ahnung!" Der junge Mann sprang auf. „Wie soll ich wissen, was der Mann gesagt hat? Eine Liebeserklärung? Ein Gebet? Ein Geständnis? Als ob es nicht völlig egal wäre!" Er stolperte erregt über Beine und Taschen. „Ich weiß ja nicht einmal, was mir die Frau, die ich geliebt habe, so geliebt, dass ich bereit war…, ich meine, was sie mir sagen wollte am Telefon, als ich sie das letzte Mal hörte, weinen und stottern hörte in meinem Ohr und dabei immer die Geschichte hinter der Geschichte sah, bis ich aufgelegt habe, rechtzeitig aufgelegt…" Er hielt atemlos inne, als wüsste er auf einmal nicht mehr, wo er war, und rannte auf das Meer zu.

Dort, wo die Mikrofonstimme herkam, flammten die Scheinwerfer auf. Eine zarte Lichtwolke schwebte über dem

Strand, und die Musiker begannen ihre Instrumente zu stimmen.

„Unter Liebesgeschichten", sagte die Studentin, „stelle ich mir aber etwas anderes vor."

Der junge Mann, der ins Wasser gelaufen war, ragte wie eine ausgeschnittene Silhouette aus einer mittlerweile dunklen, ungewissen Fläche, und über ihm gab es keinen einzigen Anhaltspunkt, keinen Mond, keinen Stern, alles wuchs unterschiedslos zusammen zur Nacht.

„Warum hören wir eigentlich so gerne Liebesgeschichten?" Der Politologieprofessor fasste mit seiner Hand nach dem Kopf der Studentin, zärtlich und resigniert zugleich, als wollte er ihn an seine Schulter ziehen, aber dann steckte er die Hand in seine Tasche. „Warum erfinden wir sie uns überhaupt? Und warum scheitern wir ständig in der Liebe, wo es doch offenbar nichts gibt, was nicht bereits gesagt wurde über sie, und deshalb nichts, was wir nicht wüssten?"

Er schaute zu dem jungen Mann, der noch immer im Ozean stand und sich nicht rührte. „Auch das Wasser dort ist unergründlicher und viel mehr als lediglich die Verbindung von zwei Atomen Wasserstoff mit einem Atom Sauerstoff, von Molekülen, die vorbeischweben und in deren Netzwerk eingebaut wird, was sich auflösen soll, wie das Salz zum Beispiel", er legte nun doch behutsam seine Hand in den Nacken des Mädchens, „in den vergeblich vergossenen Tränen."

„Oder das Herz", sagte Sven. „Jeden Tag halte ich es in meiner Hand, kenne es in- und auswendig, könnte es analysieren, beschreiben, erklären. Ich kann mir nicht leisten, auch nur irgendwelche romantischen Vorstellungen damit zu verknüpfen, und trotzdem ist sogar für mich das Herz noch etwas anderes als nur ein Organ, das ich von einem Körper in einen anderen transplantiere."

Er hatte noch nicht zu Ende gesprochen, als der junge

Mann zurückkam und sich wieder zu ihnen setzte. Die nasse Hose klebte an seinen Waden, und ein paar kalte Tropfen fielen auf Esthers Haut.

„Keine Sorge", unterbrach der Einsiedler das Schweigen und reichte die Weinflasche weiter, „ich habe keine eigene Liebesgeschichte. Ich habe schon vor längerer Zeit aufgegeben. Bitte kein Mitleid", er schüttete Tabak aus einem Beutel auf ein Zigarettenpapier, „es geht mir gut."

Eine Frau lachte, der junge Mann kritzelte etwas in sein Notizbuch, und plötzlich, als hätte das Gesagte oder Ungesagte zu schwer auf ihnen gelastet, redeten alle durcheinander, und die Stimmen und Worte hatten keine Gesichter mehr, weil die Nacht begonnen hatte, alles in Besitz zu nehmen. Der Ozean war einmal lauter, einmal leiser, kam und ging und näherte und entfernte sich, wie vorher, wie immer. Ich werde ihn mitnehmen in meiner Ohrmuschel, dachte Esther.

„Was ich euch erzählen will", sagte John, „ist ebenfalls eine wahre Geschichte. Eine Bekannte hat sie in der Zeitung gelesen oder im Radio gehört, ich betone das jetzt nur, damit niemand von euch denkt, ich mache mich hier wichtig und ein bisschen Literatur: Auf einer Hühnerfarm waren ein Hahn und eine Henne unzertrennlich. In der ganzen Hühnerschar suchte der Hahn immer nur die Gesellschaft dieser einen Henne und ging mit ihr spazieren. Er soll ansonsten ein ziemlich tyrannischer Hahn gewesen sein.

Eines Tages wurde er geschlachtet, und an diesem Tag suchte ihn seine Henne überall, ebenso ausdauernd und vergeblich am nächsten Tag, am dritten oder vierten Tag verweigerte sie das Futter und legte keine Eier mehr. Ich weiß nicht mehr wann, nach einer Woche vielleicht, sah der Farmer, wie sie sich in die Mitte des Hofes stellte, sich aufrichtete, ihre Flügel spreizte, mit ihnen flatterte und zuerst zaghaft, ängstlich, könnte man fast sagen, aus ihrer Kehle Laute hervorstieß und herauswürgte, die so ähnlich klangen, als wollte sie krähen. Kikrikri-kri-kri-krrriiiii...", John breitete die Arme aus und zog den Kopf ein zwischen den Schultern. Er hatte die Augen geschlossen. „Kikkkerikkk-kkk-iiiiiii... Sie übte und versuchte es so lange, bis sie irgendwann wirklich krähte. Gleich darauf krähte sie noch einmal, lauter jetzt, vielleicht selbstbewusst, vielleicht verzweifelt, sie krähte und krähte und wollte nicht mehr aufhören, ihren Hahn zu rufen..."

„Vielleicht hat sie ihn sich verinnerlicht", sagte Esther. Sie fühlte Svens Arm auf ihren Schultern. „Wenn man nur wüsste, was in den Tieren vorgeht, die ganze Welt würde anders aussehen." Sie bewegte mit ihren Füßen den Sand hin und her. Wieder lachte jemand. „Die Geschichte bricht mir das Herz", sagte sie.

Die Musiker hatten inzwischen aufgehört, ihre Instrumente zu stimmen. Der Sprecher, jetzt klar und ohne Hall zu hören, wurde immer wieder unterbrochen von Applaus. Die wenigen Spaziergänger auf dem Strand beeilten sich in Richtung der Stimme, obwohl nichts von dem, was sie sagte, hier verständlich war.

„Wirklich zu dumm", sagte Mike, „dass wir kein Lagerfeuer machen können." Es war mittlerweile Nacht geworden, und in das Brausen des Ozeans mischte sich das Schleifen und Dröhnen des Schlagzeugs. Ein Saxophon setzte ein, und vom Wasser schwebten zarte Luftgespinste auf.

„Ich möchte auch eine Geschichte erzählen", sagte Marissa, „und es ist ebenfalls eine wahre Geschichte. Ich kenne eine Frau, die sich einmal wie wir hier mit einer Gruppe von Leuten auf diesem Strand zusammenfand. Mit einem der jungen Männer war sie verlobt, und sie machten Pläne für ihre gemeinsame Zukunft. Sie verbrachten alle den Nachmittag am Strand, und am frühen Abend paddelten Alice und ihr

Verlobter mit ein paar Freunden in einem Schlauchboot hinaus in den Sonnenuntergang. Als ihnen endlich bewusst wurde, dass sie sich ziemlich weit draußen auf dem Meer befanden, hatte schon die Flut eingesetzt, und kaum war die Sonne verschwunden, wurden die Wellen so heftig, dass sie das Schlauchboot hochschleuderten, es umdrehten und die ganze Mannschaft herauswarfen. Die einen klammerten sich an das Boot, die anderen versuchten gegen die Wucht des Wassers in Richtung Strand zu schwimmen. Ihr wisst ja, wie schnell hier die Dunkelheit hereinbricht.

Alice erzählte mir, dass sie ihren Verlobten aus den Augen verlor, überhaupt niemanden mehr sah in dem entfesselten, brutalen Meer. Sie schwamm, sie kämpfte da draußen in der Einsamkeit, bis in einem Moment der Erschöpfung all die Bilder ihres Lebens an ihr vorbeizogen, mit den Menschen, die sie liebte, den Orten... hell, freundlich, friedlich..., ihr unbedeutendes, durchschnittliches, nicht unglückliches, ihr kleines, viel zu kurzes und einziges Leben, das ihr immer so selbstverständlich erschienen war, und wie es in einiger Entfernung, als hätte es sich schon gelöst von ihr, auf den Wellen tänzelte, und sie versuchte, ihre Hand auszustrecken nach ihm, um es zurückzuholen, festzuhalten, aber es war jedes Mal schneller und sprang und hüpfte nur noch weiter fort.

Sie war gerade dabei aufzugeben, als einer der Freunde neben ihr auftauchte und ihr half, sie hielt, mit ihr anschwamm gegen die sich hochpeitschenden, kantigen Wellen und sie irgendwann, irgendwie an Land zerrte, wo sie die anderen fanden, und tatsächlich waren alle zurückgekommen – bis auf ihren Verlobten.

Die Strandwache war schon heimgegangen, es war ganz dunkel. Alice stand am Wasser und rief ihren Verlobten, sie schrie seinen Namen, als könnte sie das Meer übertönen, sie bettelte und flehte, er wird ganz bestimmt kommen, er wird mich hören, ich gehe nicht weg von hier. Die anderen verließen den Strand, um die Polizei zu verständigen, und nur der Freund, der Alice – davon ist sie bis heute überzeugt – das Leben gerettet hatte, blieb bei ihr.

Und dann..., ihr wisst ja, dass die Zeit nicht vergeht, wenn man wartet, wenn man Angst hat", Marissa unterbrach sich, zeichnete etwas in den Sand, „also irgendwann, aber darüber will ich nicht weiter sprechen, weil ich es selber nicht weiß und weil ich, glaube ich, auch kein Recht dazu habe, ich kann es mir nur vorstellen, ich meine, die Verzweiflung dieser jungen Frau in einer so riesigen Nacht am Strand eines wilden Ozeans, irgendwann also, nachdem Alice auf den Freund eingeschlagen hatte und geschrien, dass sie ihm niemals vergeben würde, dass er sie nicht allein gelassen hatte da draußen auf dem Meer, brach sie zusammen, lag erschöpft in seinen Armen und weinte. Er versuchte sie zu beruhigen, sie schluchzte und weinte und dann ..., dann schliefen sie miteinander. Am nächsten Morgen wurde ihr bestätigt, dass ihr Verlobter als vermisst galt, dass er vermutlich ertrunken war.

Ein paar Wochen nach jener Nacht am Strand erfuhr sie, dass sie schwanger war. Sie ging zu dem Freund, der auch ein Freund ihres Verlobten gewesen war, und sagte ihm, dass sie schwanger von ihm sei. Danach sah und hörte er neun oder zehn Monate nichts mehr von ihr, und als das Kind geboren war, erhielt er einen Brief, in dem sie ihm mitteilte, sie könne aus Gründen, die er sicher verstehe, dieses Kind nicht behalten und habe es zur Adoption freigegeben." Marissa machte eine Pause. „Das ist ungefähr fünfundzwanzig Jahre her. Zwei Jahre danach heiratete Alice und ein Jahr später wurde ich geboren."

Der Helikopter, der wieder aus den Wolken aufgetaucht

war und über ihnen kreiste, schwenkte aufs Meer hinaus. Sein Knattern zerhackte den Jazz. Aus einem Restaurant weiter oben am Strand glitt ein Scheinwerfer über die Wellen, deren Schaumkronen aufleuchteten, neonsilberweiß linierte Schwärze, und der Atem des Meeres verdichtete sich jetzt rasch zu feinem Nebel.

„In den Siebzigerjahren", Carey sprach laut, über den Lärm des sich nur langsam entfernenden Helikopters hinweg, „muss das Leben hier eine einzige verrückte Party gewesen sein. Man wurde jemandem vorgestellt, man hat sich die Hand gegeben und eine Stunde später lag man schon miteinander im Bett."

„Wie altmodisch", sagte die Studentin des Politologen.

„Es ist einfach nicht mehr möglich heute", sagte jemand in Esthers Rücken.

„Es ist nicht nur die Zeit", meinte sie, „auch wir sind anders geworden."

„Andere Zeit, anderes Leben", erregte sich eine Frauenstimme. „Ich habe genau gesehen, wie du mit ihr da draußen..." Sie drehte sich zu dem Mann neben sich.

„Aber ich schwamm doch nur im Meer", unterbrach er sie hastig, „als dieses Mädchen auftauchte aus dem Wasser wie eine Schiffbrüchige..."

„Ein Mann", sagte eine Stimme in der Dunkelheit und lachte leise, „ist immer frei, auch wenn er liebt."

Esther erwiderte Mikes Blick und lächelte.

„Ich möchte die Geschichte zu Ende hören", rief die Studentin.

„Meine Mutter Alice", fuhr Marissa fort, „hat sich, je mehr Zeit verging, umso schuldiger gefühlt. Ihre Gewissensbisse waren so unerträglich, dass sie mir schon als kleinem Mädchen von ihrem Baby erzählte, das sie im Stich gelassen hatte. Ich glaube, meine Kindheit war vor allem von ihrem

Versuch geprägt, herauszufinden, wo dieser Bub aufwuchs, aber es war damals völlig unmöglich, an nur irgendeine Information zu gelangen. So vergingen die Jahre, ich wurde ein Teenager, ich wurde erwachsen, während man Alice damit vertröstete, dass adoptierte Kinder sich ohnehin meistens, sobald sie volljährig sind, auf die Suche nach ihren leiblichen Eltern machen..."

„Was ich dann auch tat", unterbrach sie Mike. Er sprach leiser als Marissa, und trotz der Dunkelheit konnte Esther erkennen, wie sich alle Augen auf ihn richteten. „Nicht dass mich meine Adoptiveltern dazu ermutigt, geschweige denn mir überhaupt erzählt hätten, dass ich nicht ihr eigenes Kind war. Es war ein ziemlicher Schock für sie, als ich sie eines Tages mit der Frage konfrontierte. Ihre erste Reaktion war, alles abzustreiten. Sie taten mir Leid, denn natürlich waren sie für mich ja auch meine Eltern, aber..."

„Wie bist du denn draufgekommen", fragte die Studentin.

„Zuerst war es nur ein Gefühl, ganz undeutlich. Nervös wurde ich, als ich begann, die Fotoalben zu studieren. Ich weiß nicht genau, was es war, abgesehen davon, dass bestimmte Fotos einfach nicht existierten. Ich meine, es geht nicht darum, jemandem ähnlich zu sehen. Aber als ich meiner wirklichen Mutter zum ersten Mal begegnet bin, begriff ich, dass es wahrscheinlich mit der Welt zu tun hat, die jeder in sich trägt und wie eine Aura um sich: Irgendetwas an der Welt meiner Mutter war mir vertraut. Verglichen mit meinen Eltern kommt sie von einem anderen Planeten."

„Sie hat in gewisser Weise nie aufgehört", Marissa sprach fast gleichzeitig mit ihm, „dieses Hippiemädchen zu sein, das mit seinem Blumenkranz im Haar am Strand saß, den Sonnenuntergang betrachtete und von einem besseren, grenzenlosen Leben träumte."

„Ich stehe also zum ersten Mal meiner eigenen Mutter

gegenüber", Mike redete jetzt schneller als vorhin und bemühte sich, teilnahmslos zu klingen, „die plötzlich ganz blass wurde, ich meine, es war ja ein ziemlich emotionaler Augenblick für uns beide, aber ich konnte sehen, bleich und erschüttert, wie sie mich anschaute, dass da noch etwas anderes war…"

„Das Ende der Geschichte ist", kam ihm Marissa zu Hilfe, „dass meine Mutter endlich ihrem Kind gegenüberstand, nach dem sie so lange gesucht hatte, aber auch, dass ihr erwachsener Sohn genauso aussah wie ihr ertrunkener Verlobter. Als Nächstes versuchte sie, den Freund aufzuspüren, mit dem sie in all den Jahren keinen Kontakt mehr gehabt hatte, und als sie ihn schließlich fand, war er sofort einverstanden, diesen Bluttest zu machen. Es stellte sich heraus, dass er nicht der Vater war."

Jemand klatschte. „Hollywood würde dir wahrscheinlich eine ganze Menge bezahlen für die Geschichte."

„Wer glaubt dir schon", sagte Marissa und sah Mike an, „eine solche Geschichte?"

„Und dann noch ein Happy End!"

„Ich bin sicher", sagte die Studentin verträumt, „dass dieser Freund, der Alice das Leben gerettet hat, sie geliebt hat und nie aufgehört hat, sie zu lieben, dass sein ganzes Leben anders…"

„Aber es ist doch kein Happy End!" Wieder spürte Esther trotz der Dunkelheit die Bewegung, die durch die Gruppe ging. Im verschwimmenden Nirgendwo klagte eine einzelne Trompete, und erst als das Saxophon, der Kontrabass und das Schlagzeug sie wieder begleiteten, der Ozean sich zurückzog und die Leute applaudierten, fügte sie leise hinzu: „Nichts hat sich erfüllt. Und wenn, dann zu spät. Ich möchte nicht so vorbeileben an…, an den Gegebenheiten und an der Liebe."

„Es kommt auf die Perspektive an", widersprach Sven.

Sie fühlte seinen Blick auf sich, aber sie erwiderte ihn nicht.

„Können wir vielleicht noch eine glückliche Liebesgeschichte hören?", fragte jemand aus der Nacht.

„Ich schlage vor", John brach in ein ungeübtes, rostiges Lachen aus, „wir wechseln das Thema."

„No more love?", sagte die Frau mit der dunklen Stimme traurig.

„Was ich nicht verstehe", der junge Mann hielt noch immer sein offenes Notizbuch in der Hand, in das er fast die ganze Zeit über hineingekritzelt hatte, „Milliarden von Menschen leben auf immer engerem Raum, die Welt ist hoffnungslos überbevölkert, und trotzdem sind die meisten von uns allein, zum Kotzen und Durchdrehen allein. Sprechen ihre Liebeserklärungen in ein Spielzeughandy, reden mit sich selbst. Einige von uns werden sterben, ohne jemals einem Menschen begegnet zu sein, den sie wirklich geliebt haben, werden abtreten von dieser Welt in ihrer ganzen Bedeutungslosigkeit, aus der sie vielleicht nur die Liebe gerettet hätte. Also, wo ist da die Logik?"

„Die Logik ist", entgegnete Sven, „und ich spreche als Mediziner und Biologe von einem Experiment: dass zu viele Ratten in einem Raum sich nicht vermehren, sondern sich gegenseitig umbringen."

„Wie auch immer", Marissa erhob sich, „heute sind wir hier, um zu feiern!" Sie ging zu Mike und beugte sich über ihn. Ihr langes Haar fiel nach vorne wie ein Vorhang, hinter dem sie ihn küsste. Sie zog ihn hoch, sie schlang ihre Arme um ihn. Er legte seine Wange auf ihren Kopf, und langsam begannen sie zu der Jazzmusik zu tanzen.

Der junge Mann rief: „Auf ein neues Leben!"

Esther stand auf und hielt ihren Pappbecher in die Höhe: „Auf die neuen Anfänge!"

Die Studentin sprang mit der Flasche in der Hand umher und schenkte Wein ein, während sich einer nach dem anderen erhob, bis alle standen und mit ihren Pappbechern anstießen. Einen Augenblick lang kam es Esther so vor, als wäre sie Mitspielerin in einer Pantomime, in einem Reigen schwebender, zusammenhangloser, beliebig aufeinander treffender Schatten. Erinnerungen, Sehnsüchte, Wiederholungen, Hoffnungen, und der Ozean nahm alle Laute, Zwischentöne und die leicht dahingesagten Worte mit sich fort.

„Ich trinke auf Marissa." Mike hielt sie noch immer im Arm, und ihr Kopf lehnte an seiner Schulter.

„Auf den wiedergefundenen Sohn", sagte John, der Einsiedler, „auf Mike, unseren Bruder!"

„Auf die Liebe", sagte Marissa leise, und vielleicht hatte es nur Esther gehört. „Auf die Liebe", wiederholte sie ebenso leise.

„Einmal, es ist viele Jahre her…", der Politologieprofessor drehte sich zu Sven, „ging ich über diesen Strand wie Sie, und aus einer Gruppe winkte mir jemand zu. Einige Leute verschiedenen Alters saßen um ein Feuer und luden mich ein, mich zu ihnen zu setzen. Ich bin Emigrant", fügte er hinzu, „davongelaufen vor kommunistischen Schergen, und lebe nun seit über zwanzig Jahren in diesem Land. Die Situation war ähnlich wie heute: Da saß der Herzchirurg neben einem Einsiedler, der wiederum saß neben einer Kellnerin und die Kellnerin neben einem arbeitslosen Brasilianer und der neben mir und so weiter. Es gab keine sozialen Klassen oder Unterschiede, wir waren alle gleich, kaum einer hatte den anderen eine Stunde zuvor gekannt, jeder war willkommen und…, ich weiß eigentlich gar nicht genau, warum ich es erwähne, vielleicht, weil mich dieser Abend immer berührt hat und begleitet, weil ich mir einmal dachte, das Leben sollte wie ein Strand sein, und weil ich weiß, dass Sie jetzt gleich gehen werden und wir uns nie wiedersehen und es im Grunde völlig gleichgültig sein könnte, ob Sie nun etwas von mir oder jemand anderem hier wissen oder nicht, aber glauben Sie mir, ich habe mich sehr gefreut..." Er schüttelte Esther und Sven die Hand. „Vielleicht geht es hauptsächlich darum: to have a good time, wie man hier sagt, nicht alleine übrig zu bleiben irgendwo – als Exilant weiß ich, wovon ich spreche –, weil der Rest, der Rest ist..."

Die Mikrofonstimme aus dem Nebel fiel ihm laut, beinahe roh ins Wort. Wie schon früher begleitete sie ein hallendes Dröhnen, ein metallener Ton zerriss die Luft, die Stimme kehrte zurück, mit ihren undeutlichen und, dachte Esther, überflüssigen Worten, diesmal ohne schmerzendes Nebengeräusch, begleitet von Schreien, Pfiffen, Applaus. Wieder erklang die Musik. Sie hätte gerne Toms Satz zu Ende gehört, aber er musste in dem Augenblick, in dem sie sich weggedreht hatte zu der künstlichen Stimme, fortgegangen sein.

Der junge Mann hatte den Sonnenschirm aus dem Sand gezogen und drehte sich mit ihm wie ein bunter Kreisel durch die immer undurchdringlichere Nacht. Marissa und Mike, die selbstvergessen vor sich hintanzten, wurden undeutlich im Nebel. Ein Kind tauchte auf, lief mit einer Taschenlampe zwischen den schemenhaften Gestalten hindurch und war wieder verschwunden. Oben auf den Klippen hatten die Palmen keine Stämme mehr, trieben dahin wie Blüten in milchiger Luft.

In dem Augenblick, in dem Svens Hand sich auf Esthers Taille legte, fiel die Verstärkeranlage aus.

„Darf ich?", fragte er.

Leise, zart, von weit her erreichte sie nun die Musik.

Sie nickte, und sie mussten beide lachen, als sie im Sand versanken und sich torkelnd weiterdrehten zu den Klängen des Jazz, die plötzlich wieder schmerzend laut um ihre Körper zuckten und die Nacht zertrennten, um sich im nächsten Augenblick, als die Verstärkeranlage erneut ausfiel, sogleich zu entfernen und fast verloren zu gehen. Das Brausen des Ozeans rückte wieder in den Vordergrund.

„Und du", fragte Sven, „hast du auch eine Liebesgeschichte?"

Er hielt sie so fest an seinen Körper gepresst, dass seine Nähe schmerzte, der vorweggenommene Verlust dieser Nähe. Sie sah sich auf einmal wieder mit ihm da oben im Himmel hängen, im Korb einer Montgolfiere, und eine Wolke berühren, in den Bergen am Rand der Wüste mit ihm, angstvoll den Blick eines Pumas erwidernd, Stille hörend, einen Herzschlag Welt und ihn, sah sich mitten im Ozean von einem Boot ins Wasser tauchen, obwohl sie fürchtete, dass es dort Haie gab, und von dem Felsen hinabspringen ins Nichts, Hand in Hand mit ihm, angeschnallt nur an die künstlichen Flügel, erinnerte sich an Las Vegas, wo sie ihn verloren hatte, zwischen dem Glitzer, rasselnden Spielautomaten, den Tragödien und der grellen Gier, hörte wieder seine Worte, als sie über die Arbeit geredet hatten, das Sterben, die Vergangenheit, über Sehnsucht, und sich in Motelzimmern geliebt, durch deren Wände Fernsehstimmen drangen und sich vermischten mit anderen Stimmen und der Vergänglichkeit.

„Wenn man liebt", sagte sie rasch in den Nebel hinein, „hat man keine Geduld für Geschichten, man hat überhaupt für nichts Geduld außer..."

Irgendwo im wattigen Weiß entdeckte sie zwei Punkte, verirrte, funkelnde Sterne, die langsam, ganz langsam näher kamen, zu Kreisen wuchsen mit Strahlenkränzen herum, die sich miteinander schnitten im Nebel, und dann bewegten sich die Kreise immer schneller, waren plötzlich vor ihr und über ihr auf den Klippen, wo sie die Palmkronen streiften, Strandhausfassaden, Gebüsch, und in dem Augenblick, in dem der Küstenzug an ihnen vorbeiraste und gleichzeitig schwebend innezuhalten schien und sie die Silhouetten der Menschen am Fenster sah, die heimfuhren zu ihren Familien, in nie erzählte Geschichten und in die Einsamkeit, sie die Gesichter erkannte und dahinter das Leben, bevor sich alles sogleich wieder vermischte, der Ozean, das Donnern des Zuges, der hallende, körperlose Jazz, und sich die Zugfenster wieder verzerrten und die Leute darin zerrissen in eine vorbeifliegende Ahnung, in dem Augenblick holte Esther tief Luft, um es herauszuschreien und sich zu befreien, in diesen ohrenbetäubenden Lärm zu brüllen, was ihm leise zu sagen ihr offenbar unmöglich war.

Die Lichtkreise schrumpften, die Klippen lösten sich wieder auf, ein Kontrabasssolo übertönte wehmütig den im Nebel verblassenden Zug und sie hatte noch immer kein Wort gesagt.

Das Kind mit der Taschenlampe tauchte wieder auf, lief im Zickzack hin und her, ahmte die Zuggeräusche nach. Zufällig glitt der Strahl seiner Lampe über ein tanzendes Paar, das sich fest umschlungen hielt, beinahe aneinander klammerte, ganz kurz nur aufleuchtete in seiner Anmut und Verwundbarkeit, seiner Verlorenheit und Verbundenheit, bevor Marissa und Mike oder Alice und ihr Verlobter, vielleicht Esthers eigener Traum, wieder ausgeknipst waren in weiß schimmernde Dunkelheit.

Sie fühlte Svens Arme um sich wie eine letzte Gewissheit in einer Welt, in der es keine Räume mehr gab, keinen Himmel und keinen Strand, keine schreienden Möwen, keine Helikopter, keinen Pelikan. Sie wünschte, sie könnte noch einmal, bevor sie abreiste, bevor sie wieder jene Esther wurde, die sie nicht mehr sein wollte, den Ozean sehen, hinausschauen zu seinem unverrückbaren Horizont.

Fast gleichzeitig drehte Sven sich tanzend mit ihr um sich

selbst, und während sie durch die Luft wirbelte und dabei den Nebel wegwischte wie Dunst auf einer beschlagenen Scheibe, sah sie weit draußen auf blinkenden Wellen im Widerschein der untergehenden Sonne ein Schlauchboot: wie es sich neigte, aufstellte und hochsprang, in die Luft geschleudert wurde und vom Wasser verschlungen und wieder ausgespien. Und wenn morgen bereits alles vorbei war, dachte sie, und dann verzweifelt, drängend: wusste man, was morgen war? Die Vorstellung von Glück? Dieser Augenblick, hatte Sven gemeint, heute, jetzt ... und deine?

Sie hörte ihn etwas sagen an ihrem Ohr und sogleich verschwand das lichtgefleckte Meer, verschloss die Welt sich wieder in Dunkelheit und Nebel.

„Ich frage mich", er bewegte sich noch immer zu den Rhythmen mit ihr, „warum der unglückliche junge Mann, dieser Liebesgeschichtensammler, sich nur für die wahren Geschichten interessiert."

Ach Liebling, das Glück für mich: die Augenblicke, vielleicht, aber in jedem Augenblick eine ganze Ewigkeit. Das ist so bei uns Frauen.

„Gibt es in der Liebe überhaupt einen Unterschied", fuhr Sven mit seiner Wange an ihrem Kopf fort, „zwischen den ausgedachten und den wahren Geschichten?"

Schemen huschten vorbei, von dem Konzert, vielleicht aus der Gruppe, in der sie eben noch gesessen waren und die es bereits nicht mehr gab. Morgen schliefen sie im Flugzeug. Übermorgen in Berlin. Sie hätte am liebsten den Nebel aufgeschlitzt. Es ist schlimmer, dachte sie, mit dem Gesicht zur Wand zu stehen als mit dem Rücken.

Er hatte zu tanzen aufgehört. „Ich meine, ist nicht alles sowieso Erfindung in der Liebe?" Er ließ sie los, horchte.

Und wenn man es ausspricht? Verstehst du, ich habe genug davon, mir dauernd zu beweisen, dass ...

„Jetzt spielt auch die Band nicht mehr", sagte er. „Das Konzert scheint zu Ende."

... ja, was eigentlich? Es hatte immer irgendwie mit Zeit zu tun.

Sie nickte. „Vorzeitig abgebrochen. Wie alles andere auch."

Es war nun endlich still am Strand, nur mehr der Ozean sprach. Sie zögerte. Lachte auf einmal, ohne zu wissen warum, schüttelte ihr Haar zurück, hob ihr Gesicht zu ihm. „In meinem früheren Leben", sagte sie leichthin, „muss ich eine Meeresbraut oder ein Haifisch oder ein Seestern gewesen sein."

Und noch immer lachend, aber mit einer vielleicht nur für sie selbst hörbaren Atemlosigkeit, sagte sie: „Heirate mich."

Happy Hour

Als sie mit dem Wagen in die Hauseinfahrt bog, fühlte sie diese aufflackernde Unruhe, ein jähes brennendes Stechen – und schon war die Dämmerungsangst, wie sie es nannte, wieder vorüber.

Sie parkte, schaltete die Scheinwerfer aus und lehnte den Kopf an die Nackenstütze. Manchmal hatte die Dunkelheit grüne Schlitze, bewegte sich kaum merklich, und dann konnte sie, wenn ihre Augen sich daran gewöhnt hatten, die mageren Silhouetten der läufigen Kojotinnen erkennen, die das Rudel ausgeschickt hatte, um Hunderüden als Beute anzulocken: verwunschene, aus ihrem Reich vertriebene Prinzessinnen, die um die Mülltonnen streunten und ihren Blick schmaläugig erwiderten, bevor sie davonhuschten ins Dickicht der wieder erstarrten Nacht.

Der einsame Gesang eines Mockingbirds, den sie heute früh beim Aufwachen zum ersten Mal in diesem Jahr gehört hatte, fiel ihr wieder ein, und es erleichterte sie. Über Nacht würde nun Frühling sein: Leuchtend stürzte er ins südkalifornische Land, er verhielt sich nie zaudernd hier, und sie dachte daran, wie jung er doch war und dass er jung bleiben durfte für immer.

Sie stieg aus, öffnete den Kofferraum und nahm die drei Einkaufstüten heraus. Sie hatten keinen Griff, aber obwohl sie sie umständlich unter den Arm klemmen musste oder von unten halten, bestand sie im Supermarkt bei der tonlosen, immer gleichen Frage der Frau an der Kasse – „Papier oder Plastik?" – auf Papier. In Florida, zum Beispiel, gab es keinen einzigen Alligator mehr, der eindeutig männlich oder weiblich war. Verstehst du, hatte sie Jack, mit dem sie das Büro teilte und der noch immer glaubte, die Erderwärmung habe nichts mit der Vernichtung der Natur zu tun, heute erklärt, die Alligatoren sind alle Hermaphroditen, unser Grundwasser verseucht mit Plastik, du findest es überall, Plastik im Schnee von Alaska, Plastik in deinem Blut, die ganze Welt wird bald aus Plastik sein, und du sitzt hier herum und tust, als ginge dich das alles gar nichts an. Er hatte ihr einen gekränkten Blick zugeworfen und gemeint, Mülltrennung sei ohnehin sinnlos.

Und in solcher Umgebung, dachte Anja, verbringe ich jeden Tag acht Stunden, ungefähr ein Drittel meines Lebens, so wie man durchschnittlich – sie bemerkte, dass der Mond heute Nacht fast voll war – rund zwei Drittel seines Lebens verheiratet war. Ja, dieser Mond, auf dem sie irgendwann riesige Schirme aufstellen wollten, damit er das Sonnenlicht reflektierte. Dann wird nie mehr Nacht sein und wir werden keine Geheimnisse mehr kennen, dann wird uns das Licht zerfressen, und du Mond da oben mit deinen Geschichten wirst gestorben sein.

Sie warf einen Blick zum Nachbarhaus. Delia und Richard mussten bereits zu Hause sein, alle Fenster waren beleuchtet, ihre Autos standen in der Einfahrt. Durch das geöffnete Fenster von Daniels Zimmer prasselte Hardrock auf die Straße wie Steine, und einen Moment lang versuchte sie sich vorzustellen, wie der Junge aufwuchs in dieser Flucht halbleerer Räume, wie er über die cremefarbenen Teppiche lief, die seine Schritte löschten, wie er eingepackt war in diese pausenlos rieselnde Musik, die jedes Wort verschluckte, und wie er schläfrig wurde im schmeichelnden Licht, das den Blick trübte. Daniel war das einzige Kind in der Straße. Und Daniel war ihr Freund.

Sie stellte die Einkaufssäcke vor der Haustür ab und kramte in der Handtasche nach dem Schlüssel. Es kam ihr vor, als sei sie gerade erst aufgestanden, hatte eben erst die

Haustür hinter sich abgeschlossen, und sie fragte sich, wann ihre Wahrnehmung von Zeit begonnen hatte, sich zu verändern, seit wann die Zeit immer noch schneller über sie hinweghastete und ihr das Leben auf einmal so ungerechterweise kurz erschien. Daniel könnte ihr Sohn sein, stellte sie beinahe erschrocken fest, während sie in das dunkle Haus trat und das Licht im Flur und in der Küche andrehte. Wie vorhin im Auto spürte sie wieder diese leise Beklemmung.

Ein Heim, dachte sie, was ist ein Heim? Sie stand still und lauschte. Sie hatte plötzlich das Gefühl, als befände sich noch jemand im Haus – jemand, der sie jetzt beobachtete –, aber da sie nicht nachsehen wollte, versuchte sie den Gedanken zu verscheuchen. Sie schaltete das Radio ein, jeden Abend um diese Zeit, mechanisch, unbewusst, neunundachtzigpunktfünf, wie Millionen Menschen hier oder anderswo, guten Abend, guten Morgen auf der kaputten Welt, wie in den Kinofilmen und Romanen, die ebenfalls nicht auszukommen schienen ohne dieses kleine, unscheinbare Gerät und sein nostalgisches, betäubendes, rieselndes Klanggewirr in den sonst so einsamen Räumen. Sie stellte es lauter als sonst.

Im Esszimmer nahm sie Holz aus dem Korb und entfachte Feuer im Kamin. Bis Dave heimkam, würde es warm und gemütlich sein. Sie würden am Tisch sitzen und miteinander reden und guten Rotwein trinken, sie würden sich Zeit lassen mit dem Essen, weil es das erste Mal am Tag war, dass sie Zeit hatten, alle Zeit der Welt. Aber dann würde Dave aufstehen und in sein Arbeitszimmer gehen, und sie würde durch die geöffneten Türen seinen Fingern zuhören, die über die Tastatur des Computers eilten und dabei dieses leichte, beinahe fröhliche Klappern erzeugten in der Stille des Hauses, während sie vielleicht noch ein wenig sitzen blieb und ins Kaminfeuer starrte und schließlich alles in die Küche trug und den Geschirrspüler einräumte, und jedes

Mal, wenn sie sich aufrichtete, würde ihr Blick hinausfallen auf die im Scheinwerferlicht der vorbeifahrenden Autos hin- und hergleitenden Schatten des Gartens, dessen eine Hälfte mit seinem wuchernden Gestrüpp und den alten Bäumen ihr immer ein wenig unheimlich war in der Nacht. Wenn sie die Küche aufgeräumt hatte, würde sie hinauf ins Badezimmer gehen, würde ein Bad nehmen, manchmal in letzter Zeit tauchte sie ganz ein ins Wasser, bis sogar ihr Gesicht von der Oberfläche verschwand, und irgendwann würde Dave von unten rufen, Anja, Liebes, ist alles okay da oben, und wenn sie es bis unters Wasser hörte... – aber nein, er sagte schon lange nicht mehr Anja, Liebes.

Das Feuer brannte jetzt gleichmäßig. Sie deckte den Tisch und ging zurück in die Küche, wo das elektronische Pochen des von Sekunde zu Sekunde springenden Zeigers der Radiouhr gerade im Gong der vollen Stunde erstarb, und in der darauf folgenden Stille hörte sie Dave „Liebling" flüstern, „Liebste", „Anja" und all die in Vergessenheit geratenen Worte, ticktackticktackticktack, durcheinander wirbelnd und hallend, bis schließlich eine andere Stimme in sie hineinredete und alles andere zum Verstummen brachte: *Guten Abend auf neunundachtzigpunktfünf, es folgen die Nachrichten...*

Und dann würde Dave also von unten rufen, ist alles okay da oben, und wenn sie es bis unters Wasser hörte, würde sie mit einem Ruck, einem reißenden Zischen, das die Wasserdecke über ihr zerteilte, wieder auftauchen. Würde mit geradem Rücken und fröstelnd in der Wanne sitzen und... *nach Fehlverhaftungen und schleppenden Polizeiermittlungen* ... innehalten, reglos, vergeblich horchend ... *wurde heute ein leitender Angestellter der Spionageaufklärung des FBI, der jahrelang als Spion für den russischen Geheimdienst arbeitete, verhaftet ... Auf einer Pressekonferenz erklärte der amerikanische Präsident, dass er die Naturschutzgebiete Alaskas für Ölbohrungen öffnen wolle* ... und Tausende von Tieren vertreiben, ausrotten, töten ... *und in all den Diskussionen und für uns völlig neuen Fragen,* sagte plötzlich die Stimme des Wissenschaftlers L., *die die Fortschritte der Biomedizin aufwerfen, fehlt die eine, nämlich die in einer gottlosen Gesellschaft verloren gegangene Frage nach der Unantastbarkeit des Menschen,* und der Papst sagte auch etwas, und in Kalifornien, wo sich Millionen neuer Häuser ins Land hineinfraßen wie eine Plage, näherte sich die Energieknappheit einer nationalen Krise. *Lassen Sie mich noch einmal betonen,* hörte sie wieder die feine zerbrechliche Stimme von L., *dass der Mensch das suizidalste Lebewesen auf diesem Planeten ist, in der Tat gibt es kein Tier, das sich systematisch seinen eigenen Lebensraum zerstört,* und er hatte kaum zu Ende gesprochen, als ein Bossa nova erklang und sie nicht mehr zuhörte, was jemand über den Karneval in Rio erzählte, sondern sich wieder dort oben in ihrem Badezimmer sah.

Sie würde aus der Wanne steigen, einen Pyjama anziehen, weil ein Nachthemd zu kalt war im kalifornischen Winter, der für europäische Verhältnisse ja fast ein Sommer war, weshalb niemand sein Haus heizte und sie wochenlang fror, in der Nacht bis in die Seele hinein fror, und sie würde sich einen Film anschauen oder ins Bett gehen, würde lesen und auf Dave warten, der in seinen Computer starrte, während sie in die Dunkelheit hinaus lauschte und dabei die Eichhörnchen hörte, die übers Dach trippelten, was wie ihr eigenes Herzklopfen klang, würde schließlich einschlafen, noch bevor Dave zu ihr ins Bett kam, und irgendwann wieder aufwachen, mit dem ersten Licht und dem Zirpen der von ihr so sehnsüchtig erwarteten Vögel, und sie würde leise aufstehen und die Schlafzimmertür schließen hinter sich, weil Dave noch schlief und auch dann noch schlief, wenn sie bereits wieder im Auto saß, auf dem Weg in die Arbeit.

Im Radio spielte noch immer der Bossa nova.

Sie schenkte sich ein Glas Wein ein, öffnete den Kühlschrank, sortierte das Gemüse, wickelte den bereits gewaschenen Salat aus einem Geschirrtuch und suchte in einem der Papiersäcke nach dem Fisch. Sie hasste es, ihre Zeit mit Kochen zu vergeuden. Bis zum Ende meines Lebens, dachte sie, werde ich hunderttausende Essen gekocht haben und ich werde sterben, ohne jemals wirklich kochen gelernt zu haben. Zerstreut fing sie an, die Einkäufe auszuräumen, riss dabei gedankenverloren eine Packung Kartoffelchips auf und begann hastig daraus zu essen. Sie starrte, noch immer essend und sich dafür verachtend, zum Küchenfenster hinaus in die Dunkelheit.

Und dann huschte ein Licht über ihr Gesicht.

Zuerst dachte sie, es sei Dave, der mit dem Auto in die Hauseinfahrt bog, aber das Licht glitt langsam von links nach rechts über ihre Züge, wie eine aufgezwungene Liebkosung, schwenkte dann zurück in die andere Richtung, bevor es verschwand.

Sie stand reglos am Fenster, schaute einfach weiter geradeaus, jetzt wieder in die Dunkelheit, als brächte sie nicht die Kraft auf oder den Mut, sich abzuwenden. Plötzlich kehrte das Licht von irgendwoher zurück, verweilte auf ihr, stach ihr in die Augen, und sie wusste nicht, warum sie so angestrengt versuchte, sie offen zu halten, weit offen, und diesem scharfen, weißen Licht zu widerstehen. Der Bossa nova füllte das Haus, und dennoch konnte sie auf einmal die Stille hören und in der Stille ihren Atem, ein Pochen, den dumpfen Ton der Angst.

Sie zuckte zusammen, als das Telefon läutete, aber sie stand weiter wie gelähmt an derselben Stelle. Hörte zu, wie es läutete, als hörte sie zum ersten Mal in ihrem Leben ein Telefon läuten. Zählte die Klingelzeichen. Auf einmal erlosch das Licht auf ihrem Gesicht. Fast im selben Moment rannte sie zum Telefon.

„Mein Name ist Seymour Schulze." Die Stimme im Hörer war freundlich, ein leises Keuchen begleitete sie wie ein Echo. „Sheriff deputy Schulze. Warum, um Himmels willen, antworten Sie nicht?" Der Bossa nova schlängelte sich immer noch durch die Räume. Schmeichelnd, anmutig, hitzig, sanft. „Seit zehn Minuten stehen wir in Ihrer Hauseinfahrt und rufen, dass Sie herauskommen sollen. Ist er bewaffnet?"

Auf einmal war sie müde. „Ich begreife nicht, wovon Sie sprechen." Alles, sogar die Wörter schmerzten.

„Es ist unmöglich", brüllte der Sheriff plötzlich, „auch nur eine Silbe zu verstehen in diesem Höllenlärm! Drehen Sie endlich die Musik leiser und kommen Sie heraus." Er hustete. Dann war da wieder das leise, schleppende Keuchen. „Ist er bewaffnet? Ist er im Haus?"

„Wie soll ich das wissen", erwiderte sie heftig, ebenfalls lauter.

Er schwieg, wie ihr schien zu lange. „Nur mit der Ruhe, Madam", sagte er schließlich. „Ich spreche von Ihrem Mann. Vergessen Sie nicht, dass ich mein Leben riskiere für Menschen wie Sie."

„Mein Mann?", fragte sie leise. „Warum mein Mann?"

Sie hatte noch immer die Schuhe an, deren hohe Absätze bei jedem Schritt im Kies versanken. Ein behäbiger Mann in Uniform kam auf sie zu, während ein anderer, dessen Silhouette schmal und lang war und der seinen Bewegungen nach jung sein musste, mit der Taschenlampe durch die Fenster ins Hausinnere leuchtete.

Officer Schulze streckte ihr eine kleine Hand entgegen. „Gewöhnlich sind es die Frauen, die uns anrufen bei – häuslicher Gewalt." Er schüttelte mit festem, heißem Griff ihre

Hand. Er hatte ein gutmütiges, aufgedunsenes Gesicht mit harten, irritierenden Augen darin. „Meistens, während sie noch sprechen, schreien, um Hilfe rufen oder flüstern – nicht wahr, Sie konnten auch nur flüstern –, wird die Verbindung unterbrochen. Klassische Situation. Dann kommst du zu dem Haus und alles ist dunkel. Friedlichste Stille. Plötzlich herrscht wieder eitel Wonne und Sonnenschein. Die Turteltäubchen drinnen schlafen. Und der Sheriff steht da draußen in der kalifornischen Nacht, in der die Sterne so fett sind wie goldene Hühnerflügelchen, denkt an seine gemütliche Stube, würde jetzt auch gern mit einem Glas Bier vor dem Fernseher sitzen und einen dieser Krimis ansehen, die er alle durchschaut, und fühlt sich wie ein Idiot. Aber dann", er senkte seine Stimme, „kommt ihm ein Gedanke." Sein Keuchen hatte sich in ein Rasseln verwandelt. „Es könnte ja sein, dass ein Toter in dem friedlichen, stillen Haus liegt."

„Unsinn! Ich meine", sie sprach schnell, und ihre Stimme war wieder ein wenig lauter als sonst, „hier besteht ein Missverständnis."

Seymour Schulze fixierte sie aus zusammengekniffenen Augen. „Wo ist er also?"

Sie wusste nicht, warum sie errötete. „Das war nicht ich, die Sie angerufen hat."

„Das sagen sie fast alle. Warum schützen Sie ihn? Wo er doch drohte, Sie umzubringen?"

„Aber mein Mann ist gar nicht hier! Ich selbst bin eben erst nach Hause gekommen, das Haus ist weder dunkel noch still, wie Ihnen bereits aufgefallen ist, und ich wollte gerade mit dem Kochen beginnen. Das Auto dort ist meines und sonst ist keines hier. Ich meine, friedlicher als…" Ihre Stimme zitterte, ganz leicht. Warum hatte sie sich vorhin, als sie die Haustür aufsperrte und in den dunklen Flur trat, eingebildet, sie sei nicht allein? Sie zögerte, aber dann fügte sie hinzu: „Sagten Sie nicht, die Frau am Telefon hat geflüstert? Es könnte doch sein..."

Der Assistent des Sheriffs kam von seiner Runde um das Haus zurück. Er schüttelte verneinend und – wie Anja schien – bedauernd den Kopf.

„Es könnte doch sein, dass Sie die Adresse falsch verstanden haben."

Im Blick des Sheriffs blitzte Empörung auf, aber vielleicht hatte sie sich getäuscht, denn sogleich sah er ihr wieder unverwandt, hart und mit jenem Misstrauen in die Augen, zu dem ihn seine Erfahrung zwang. „Oder aber", sagte er langsam, „dass Ihnen jemand einen üblen Scherz spielen wollte."

Der Assistent entfernte sich erneut und leuchtete in die Büsche.

„Das scheint mir ein bisschen weit hergeholt." Sie lachte leichthin. „Ich meine, wer sollte..., wir führen so ein..., wie sagt man, so ein ganz normales und zufriedenes Leben..."

„Jeder von uns hat Feinde", unterbrach er sie. „Nehmen wir also an, es gab keinen Streit zwischen Ihnen und Ihrem Mann, Sie haben nicht den Notruf gewählt und Sie sagen die Wahrheit. Nehmen wir an, Ihre Ehe ist glücklich und auch niemand Dritter im Spiel. Das ist es doch, wovon Sie mich überzeugen wollen?" Sein Blick verriet, dass er ihr nicht glaubte. „Und deshalb nehme ich auch an, dass Ihnen alles, was ich sage, sonderbar erscheint. Überhaupt, dass ich hier vor Ihnen stehe. Nun, so schätzen Sie sich glücklich. Aber das eine schließt das andere nicht aus. Sie sollten sich niemals zu sicher fühlen...", und als sie seinem prüfenden Blick standhielt, beschwörend, fast flehentlich: „Spüren Sie es denn nicht? Diese Kaltblütigkeit in der Luft, diese Langeweile, Gewalt und Leere..."

Seine Worte gingen unter im Lärm eines startenden Autos. Anja sah Richards Wagen aus der Einfahrt des Nachbarhauses in die Straße biegen. Sie hatte niemanden das Haus verlassen gehört, keine Wagentür, die zugeschlagen wurde. Zuerst blendeten sie die Scheinwerfer, dann beschleunigte das Auto, als es an ihr vorbeifuhr. Sie konnte nicht erkennen, wer hinter dem Lenkrad saß. Mechanisch hob sie die Hand zum Gruß und lächelte.

Sie lächelte noch immer, ein zerstreutes, in jedem Gesichtsmuskel spürbares Lächeln, als sie sich zurückdrehte zum Sheriff. Er keuchte wieder. Sein Blick war dem Auto gefolgt.

„Wenn Sie mir nicht glauben", sagte sie leise, „vielleicht wollen Sie hereinkommen ins Haus und sich selbst überzeugen." Es klang nachsichtig, versöhnlich, und sie lächelte jetzt nicht mehr. Sie fühlte eine jähe Trauer, sie wäre gerne die Straße hinuntergegangen, dem Auto nach und ins Schwarze hinein, aber es dauerte nur eine Sekunde, dann erinnerte sie sich wieder an den Sheriff neben ihr. Sein gerade noch aufgedunsener Körper schien plötzlich eingesunken, und ein paar schwere Atemzüge lang wirkte sein Gesicht erschöpft, resigniert, als wäre ihm auf einmal der Sinn seiner Existenz abhanden gekommen. Sogleich richtete er sich jedoch wieder auf und spähte in die Dunkelheit, noch immer auf eine Wendung hoffend, eine Offenlegung, einen feinen Spalt in dieser trügerischen Wand aus Stille.

„Sie müssen verstehen", sagte er schließlich so leise wie vorhin sie, „es ist nicht nur Pflichterfüllung, was mich hierher bringt, nicht bloß eine von den vielen so genannten Aufgaben..." Er schaute ihr nachdenklich in die Augen, schien auf einmal überrascht, zögerte, diesen unverstellten Blick lang nicht von Sheriff zu Opfer oder Täter, sondern von Mann zu Frau, in dem die Neugier mit einer Zartheit wechselte, mit Bewunderung, vielleicht Wehmut?

Sie erwiderte den Blick. Verrückte Nacht, dachte sie, sehnsüchtig. Und hörte ihn im selben Moment mit beinahe schroffer Stimme hinzufügen: „... sondern dass es für mich stets eine Ehre war und mehr noch, eine Berufung: Ihr Retter zu sein in der Not."

Er öffnete den Mund, an den er einen kleinen Spray führte, den er die ganze Zeit über in seiner linken Hand gehalten haben musste. Drückte zwei-, dreimal darauf und inhalierte hastig mit geschlossenen Augen, bis er wieder ruhiger atmen konnte. Als er die Augen öffnete, begegneten sie ihr wie vorhin: misstrauisch, kalt, und sie konnte den Widerstand in seinem Blick erkennen, diesen Widerstand, dachte sie, gegen meine vorgegaukelte heile Welt.

Dann straffte er die Schultern, deutete eine leichte Verbeugung an und brüllte einen Namen, den sie nicht verstand. Der Mitarbeiter kam sofort gelaufen.

„Verdammt noch einmal", fuhr er ihn an, „irgendwo ist eine Frau in Schwierigkeiten und du streifst hier wichtigtuerisch durch die Büsche."

Er schwang sich ein wenig ungelenk ins Auto und streckte seinen Arm zum Gruß aus dem Fenster. „Geben Sie trotzdem Acht", rief er im Wegfahren, „geben Sie Acht auf Ihr Glück!" Er hustete und keuchte – oder lachte er? – nach Atem ringend, es klang erstickt und wurde von der Sirene, die er im selben Moment einschaltete, sogleich verschluckt.

Sie horchte dem Heulen der Sirene nach und wie es allmählich im Knirschen des Kieses unter ihren Schritten erlosch. Einen Moment lang wünschte sie, Dave wäre schon hier, und war sich im nächsten Moment nicht mehr sicher, ob sie es tatsächlich wollte. Bevor sie ins Haus trat, warf sie einen Blick in das veränderte Gesicht des Mondes. Er schnitt eine Grimasse und sie schnitt eine zurück. Du brauchst auch jemanden, der dich rettet, sagte sie leise. Alle sind wir dorthin gelangt, an dieses gleichgültige, kalte Ende der Dinge.

Die Nacht war nun heller, silbrig verklebt, diese alte

Nacht, die noch mit letzter Kraft verzauberte: eine schimmernde Alufolie der Ozean, die Berge schwebend und bleich gefleckt, dahinter die Schatten der Wüste. Sie hörte das ferne Knattern der Helikopter an der mexikanischen Grenze, ihr verzittertes Kreisen mit den Scheinwerfern über dem doppelten und dreifachen Zaun, der die Welt entzweite, arm, reich, ausgesperrt, frei, und sie schrak hoch, als im Nachbarhaus ein Fenster zugeschlagen wurde. Sie schaute zu Daniels Fenster, es war dunkel, kein Geräusch dahinter.

Es musste eine halbe Stunde vergangen sein, denn als sie zurück in die Küche kam, verlas die Nachrichtenstimme von vorhin wieder die Meldungen des Tages. *Fünfzehn Jahre lang spionierte der ehemalige FBI-Angestellte Robert Janssen, der Zugang zu allen Regierungsdokumenten besaß, für den russischen Geheimdienst. Janssen, überzeugter Katholik und Vater von sechs Kindern, lebte unauffällig in einem wohlhabenden Washingtoner Vorort...*
Sie stellte sich den Sheriff daheim in seinem Wohnzimmer vor dem Fernseher vor, wie er sich ansah, was er täglich erlebte, fragte sich, warum er gerade zu ihrem Haus gekommen war, sagte sich, dass es keine Zufälle gab, widersprach sich sogleich, hob den Blick vom Küchentisch in die Dunkelheit vor dem Fenster, die ihr so das Herz zuschnürte, und sie wusste nicht, wo Dave nur blieb, erinnerte sich an sich selbst vor nicht allzu langer Zeit, an ihr eigenes fernes Lachen, versuchte sich die Frau vorzustellen, die den Sheriff gerufen hatte, deren Verzweiflung, Auswegslosigkeit, Angst, und dass sie einmal auch sorglos gewesen sein mochte, heiter, begehrenswert und... und dann beeilte sie sich mit dem Kochen.

Als sie durchs Küchenfenster hindurch Dave kommen sah, brannte das Feuer im Kamin, war das Haus warm und das

Essen fertig, und als er in der Küche stand, blickte sie hoch von der Vinaigrette, die sie gerade über den Salat goss, sagte: „Hallo, Liebling", und lächelte. Sie sah ihn an, wartete und nahm dann das Salatbesteck aus der Lade.

Dave stellte seine Lederaktentasche auf dem Küchenhocker ab. Er lächelte ebenfalls und sagte: „Anja, du hast vergessen, den Briefkasten zu leeren." Er legte ein paar Umschläge auf den Küchentisch.

„Hast du den Mond gesehen?", fragte sie, aber als sie sich in seine Richtung drehte, war Dave verschwunden. Sie hörte, wie er sich im Bad die Hände wusch. Sie sah das Schattenmuster der Bäume draußen auf dem mondblauen Gras, und eine Sekunde lang sah sie sich in einem anderen Leben.

„Ja", rief er aus dem Bad. „Phantastisch." Er kam zurück in die Küche. „Ganz voll heute Nacht."

„Fast", erwiderte sie. „Wenn du genau hinschaust, siehst du diese schwammige Linie am linken Rand und dass er noch nicht hineingewachsen ist in seine runde Form. Er ist noch so..., so unentschieden, findest du nicht, irgendwie so rührend unvollkommen."

Er war gerade dabei, eine Flasche Mineralwasser zu holen. Er hielt die offene Eisschranktür in der Hand und schaute sie an.

„Bist du den Ozean entlanggefahren?", fragte sie, und ohne seine Antwort abzuwarten, fuhr sie fort: „Die Wellen waren so hoch und so zornig und weiß schäumend, sie tobten sich aus, tanzten zischend in diesen feurigen Sonnenuntergang hinein, so wild, so unabhängig und frei..." Ihre Kehle war auf einmal ganz eng. Das Schlucken fiel ihr schwer. Früher, da war sie jeden Abend nach Hause gekommen mit aufregenden Geschichten für ihn. „Wenn man mich fragen würde, was ich am meisten an Kalifornien mag, würde ich sagen, diesen weiten, unfassbaren, diesen... leidenschaftlichen Ozean."

„Und das Klima", sagte Dave.

Sie ging mit der Salatschüssel an ihm vorbei ins Esszimmer, berührte zufällig mit ihrem Ellbogen den Stoff seiner Jacke. Sie hätte sich an ihn lehnen wollen, die Augen schließen, ihn einatmen, seine Arme um sich spüren. „Sicher nicht die Städte", rief sie aus dem anderen Raum, „San Francisco ausgenommen."

„Vergiss die Städte", sagte er, „das sind keine Städte hier."

„Nichts scheint hier, was es eigentlich ist." Sie kam zurück in die Küche. „Wie war dein Tag?"

„Aufregend", sagte er und grinste. „Und deiner?"

„Wie immer", sagte sie.

Als sie beim Essen saßen, fühlte sie sich müde und schwer. Es mochte daran liegen, dass Dave ihr bereits zweimal Wein nachgeschenkt hatte und dass sie zu viel arbeitete in letzter Zeit, zu wenig schlief und in ihrem Kopf noch immer das keuchende Lachen und die Worte des Sheriffs hörte. Die linke, dem Feuer zugewandte Seite ihres Körpers war heiß, während sich die rechte, abgewandte kalt anfühlte, leblos, taub. Sie kam sich vor wie durchgeschnitten in der Mitte, zerfallen in zwei Wesen, und irgendwo aus diesem klaffenden Vakuum, zwischen ihr und sich selbst, hallte eine fremde Stimme, die ihre eigene war.

„Hast du die Nachrichten im Auto gehört", sie hielt ihm ihr leeres Weinglas hin, „von dem leitenden Angestellten des FBI, den sie heute entlarvt haben als einen der gefährlichsten Spione in der Geschichte Amerikas?"

Dave schenkte ihr Wein nach, und sie zog das Glas rasch zu sich. „Fünfzehn Jahre lang hat er den Russen kostbarstes Material geliefert."

„Das passiert doch die ganze Zeit", sagte Dave, „dass einer aus den eigenen Reihen überläuft."

„Es ging ihm offenbar nicht um Geld. Er bot sich selber

den Russen an, zeigte sich jedoch nie. Schrieb seinen Verbündeten nur Briefe. Gab seine Identität in all den Jahren nicht preis. Nannte sich P., nur P. In einem Park hinterlegte er nachts bei einem bestimmten Baum einen Plastiksack mit Dokumenten. Im selben Park holte er, ein unauffälliger Nachtspazierer, bei einem anderen Baum einen Plastiksack ab mit Geld, und es war anscheinend gar nicht viel. Es muss ihm um den Nervenkitzel gegangen sein, diesen Schauer und die Erregung, um seine Überlegenheit in der Kunst der Tarnung, darum, sich ein zweites Leben zu erfinden, die eigene Geschichte neu zu schreiben: spannender, gefährlicher, riskanter. Romantischer."

Dave sah sie an wie vorhin am Eisschrank. Sie spürte ihre Wangen rot werden.

„Beschatten", sagte er, noch immer mit seinen Augen auf ihrem erhitzten Gesicht, „Schatten machen. In der eintönigen Helligkeit ein bisschen Dunkelheit. Das kennt man doch von sich selbst."

Sie erwiderte seinen Blick und das plötzliche leise Misstrauen. Sie sagte: „Er hat eine Frau und sechs Kinder. Natürlich ging er sonntags in die Kirche. Und dann, eines Tages…"

Sie unterbrach sich, fuhr mit einem gezwungenen Lachen fort: „Wer sagt mir zum Beispiel, dass du nicht ein Spion bist? Als Computerfachmann, der sieben Sprachen spricht…"

Er starrte sie an, irgendwann lächelte er. Sie fragte sich, ob er auf dem Heimweg dem Auto des Sheriffs begegnet war, ob ihn die Sirene einen Augenblick lang beunruhigt hatte, eine aus der Reihe tanzende Sekunde der Verstörung, Sorge, Angst.

„… oder einfach nur", fügte sie über ihr Essen gebeugt hinzu, „dass du nicht ein Doppelleben führst?" Sie hob ihren Blick vom Teller und sah ihn an. Sie hatten lange nicht mehr miteinander geschlafen. Der Gedanke schmerzte wie ein schneller Schnitt. „Ich meine, die Geschichte zeigt doch wieder einmal: Wie viel weiß man wirklich von der Person, von der man am meisten zu wissen glaubt?"

Der Widerschein des Feuers flackerte an den Wänden, tanzte durch den Raum, streifte ihre Körper, und gerade, als sie weitersprechen wollte, hörte sie die Schreie der Kojoten: Auf einem einzigen hohen Ton zerhackten sie schrill, aufgeregt japsend, wie frohlockend die Nacht.

Dann herrschte wieder Stille, und Dave sagte: „Cynthia hat heute gekündigt."

„Cynthia hat gekündigt? Hat sie einen besseren Job gefunden?"

„Bei dem Spitzengehalt, das sie als meine Sekretärin verdient? Abgesehen von all den interessanten Aufgaben und der Verantwortung, die ich ihr übertragen habe!"

„Für meine Begriffe hast du sie zu sehr verwöhnt."

Er schien ihre Bemerkung überhört zu haben. „Sie sagte, sie müsse sich weiterbewegen im Leben! Es sei wieder einmal an der Zeit, das Leben von Grund auf zu verändern. Sie hätte Angst, sie würde irgendwann übrig bleiben, Angst, auf der Stelle zu treten, dieser typisch kalifornische Siebzigerjahre-Unsinn eben. Selbstbefreiung, Selbstfindung, Selbstverwirklichung, fehlt nur noch..."

„Für die Siebzigerjahre ist sie zu jung", unterbrach sie ihn. „Sonderbar, sie schien ihre Arbeit bei dir doch zu lieben..." Sie musterte ihn nachdenklich. „Ich hatte auch immer das Gefühl, dass sie von dir schwärmte, dass sie an dir gehangen ist."

„Du redest ja, als sei sie bereits tot." Er klang gereizt.

„Nun, in gewisser Weise ist sie das doch jetzt für dich?" Sie schaute auf ihre Gabel, das weiße, aus dem Fischkörper gerissene Fleisch. „Kann es sein, dass sie verliebt ist in dich?"

Sie fühlte, dass er sie wieder anstarrte. Sie war noch immer beschäftigt mit dem Fisch und seinem Tod.

„Unsinn", hörte sie ihn sagen. „Selbstzerstörerisch ist sie, unstet, die bleibt nirgendwo, nicht beim nächsten und auch nicht beim übernächsten... Job."

„Vor ein paar Tagen hast du noch gesagt, sie sei die beste Sekretärin der Welt."

Er sah sie wieder oder noch immer an, und diesmal erwiderte sie seinen Blick. Er erhob sich und ging zum Kamin. Die brennenden Holzscheite krachten leise und auch ihre vom Feuer abgewandte Seite war jetzt warm, vielleicht nur vom Wein, aber es fühlte sich gut an, und sie war nun wieder ein ganzes, zusammengefügtes, fest verwachsenes Wesen. Sie verspürte auf einmal Lust aufzustehen und Dave an der Hand zu nehmen, mit ihm auf die Terrasse zu treten, hinaus in diese besitzergreifende Mondnacht, in der sie alles, was vorgefallen war, vergessen würde können, auch diesen Verdacht, der in ihr keimte und bereits wuchs, ja, sie wollte diesen Abend neu beginnen und nicht nur diesen Abend.

Sie betrachtete Dave, der dabei war, Holz nachzulegen, seinen gekrümmten Rücken, seine zerstreute Eifrigkeit, die sie mit einem Male wieder ernüchterte, und dann sah sie alles wieder vor sich: So wie es war und seit langem schon war und auch weiterhin sein würde. Gleich würde er sich zurückziehen in sein Zimmer, und der blaublasse Schimmer auf seinem Gesicht würde nichts anderes sein als der fade Widerschein ihres Lebens, und sie würde zurückbleiben am Tisch, ins Feuer starren und den klappernden Bewegungen seiner Finger auf den Tasten lauschen, in der wieder hörbar kalten Stille des Hauses und ... sich auf einmal fragen, ob ihre Stimme vielleicht ähnlich klang wie Cynthias, zumindest wenn diese flüsterte, ins Telefon, nachdem sie den Notruf gewählt hatte, wo sie Daves Adresse angab und sich selbst ausgab als seine Frau, die um Hilfe flehte gegen ihren gewalttätigen Mann, der doch in der Öffentlichkeit als ein ganz anderer galt, und in ihrer atemlosen Bedrängnis die ganze Lüge dieser scheinbar glücklichen Ehe aufdeckte, nein, es fiel Anja plötzlich gar nicht schwer, sich vorzustellen, wie Cynthia, diese junge, schwärmerische, leidenschaftliche und verliebte Cynthia zum Hörer griff nach einem Streit mit Dave, in dem sie ihm gedroht hatte zu kündigen, falls er sich nicht endlich für sie entschied, worauf er ihr geantwortet haben mochte, was fast alle Männer sagten, dass er sich nicht trennen würde von seiner Frau.

„Ich glaube, ich sollte noch ein bisschen arbeiten." Sie wusste nicht, wie lange Dave schon neben ihr am Tisch stand. Er langte über ihren Kopf hinweg nach seinem halbvollen Weinglas und ging damit zur Tür.

Sie erhob sich. „Und was hast du gesagt, als Cynthia kündigte?"

Er drehte sich überrascht zu ihr. Vielleicht hatte er schon seit Jahren Affären, Geliebte.

„Was soll ich schon gesagt haben? Es ist ihr Leben, ihre Entscheidung, im Grunde geht mich das auch gar nichts an."

„Ach wirklich?" Sie lachte auf, erregt. Sie hörte die Bitterkeit in ihrer Stimme.

„Ist das hier etwa ein Verhör?" Er kam langsam zurück, blieb erst stehen, als sich ihre Körper beinahe berührten.

„Natürlich lässt du dich nicht erpressen von ihr mit einer..., einer lächerlichen Kündigung", sie sprach überstürzt und lauter als vorhin, „aber du willst sie auch nicht einfach so gehen lassen, verzichten auf sie..."

Sein Gesicht, nahe, greifbar, fremd, straffte sich, wurde hart.

„Wo doch bisher alles so einfach war", brach es aus ihr hervor, „und es auch weiterhin sein wird, dein verdammtes Doppelspiel, aus dem ich längst schon ausgeschieden bin, in mein eigenes, dummes Unglück eingesperrt, und verstummt, verunsichert, gelähmt! Wie sollte ich dir da Schwierigkeiten bereiten können, geschweige denn kämpfen können um…, um…", ihre Stimme versagte. Sie wartete einen Augenblick, fügte dann atemlos hinzu: „Warum also nicht einfach so weiterleben wie bisher…"

Einen Moment lang kam es ihr vor, als würden ihre Gesichter aufeinander losgehen, sich wie teigige, klumpige Hände ineinander verkrallen und dabei gegenseitig verformen und verstümmeln, aber er ging einen Schritt zurück, wie um sie besser betrachten zu können. „Ich weiß nicht, wovon du sprichst."

Sie schwiegen, und es gab wieder eine Welt außerhalb von ihnen beiden.

„Das soll ich dir glauben?" Sie streckte ihre Hand aus nach seinem Weinglas, das er vor ihr auf dem Tisch abgestellt hatte. Er sah es, und sie zog ihre Hand zurück. „Wo du doch immer behauptest", fuhr sie schnell fort, „dass einem in der Stunde der Wahrheit nichts anderes bleibt als zu lügen, zu lächeln und zu lügen…"

Es zuckte in seinem Gesicht, eine winzige Sekunde lang, als wollten sich seine Züge entspannen, bevor wieder jede Regung aus ihnen verschwand.

„Ein Grund mehr also", sagte er mit unbewegter Stimme, „meine offensichtlich bemerkenswerten Talente der Tarnung und Verschleierung in den Dienst des Lasters zu stellen", sein Blick streifte sie spöttisch, „der Spionage vielleicht?"

Er schien noch etwas hinzufügen zu wollen. Im selben Moment gellte jedoch wieder das Geheul der Kojoten durch die Nacht, nicht wie vorhin in spitzen, sich selbst überschlagenden Schreien, sondern gedehnt, erregt und triumphierend.

Er horchte, und ohne sie anzusehen, verließ er den Raum. Fast gleichzeitig fiel draußen, in der Nähe, ein Schuss.

Ich werde verrückt, dachte Anja, aber nein, es ist ja alles

gar nicht wahr, es ist nur ein böser Traum. Ich werde aufwachen und beim Frühstück zu Dave sagen, ich habe geträumt, dass mich ein Sheriff retten wollte, ich glaube, retten vor dir, und Dave wird mich anschauen und sich lächelnd Butter auf den Toast streichen und sagen, soll ich mich jetzt vielleicht entschuldigen für einen Traum, Liebling... Nein, nicht mehr Liebling. Nicht Liebes, nicht Liebste, schon lange nicht mehr.

Und auf einmal hörte sie wieder seine Finger über die Tasten des Computers eilen, im Raum nebenan, in ihrem Kopf, monoton, immer schneller, überall.

Sie lehnte erschöpft ihre Stirn an das Glas der Verandatür. Und sah gerade noch, wie in der linken Hälfte des Gartens eine Silhouette im Dickicht verschwand und, als hätte sie den ganzen Abend nur darauf gewartet, riss sie die Tür auf und rannte los, durch die kühle Luft und die Stimmen der Nacht, durch den zerrinnenden Mond und diese seltsame schmerzliche Zeit, dem Schatten hinterher, der sich bereits aufgelöst hatte in Dunkelheit.

Hinter den Büschen öffnete sich der Garten auf ein freies Feld. Die hier fast durchsichtige Nacht hatte sich davongestohlen aus der anderen, größeren Nacht, und auch der Mond leuchtete auf eine Weise, als hätte er bislang nichts weiter getan als sich aufzubewahren für die letzten Schlupfwinkel der Welt. Vereinzelt säten Palmen Schattensterne auf die Erde, und am Horizont drückten die Eukalyptuskronen ihr schwarzes Aderwerk wie eine Zeichnung aus Tusche in den Himmel.

Inmitten von alledem kauerte neben etwas, das Anja aus der Ferne nicht erkennen konnte, die Gestalt. Sie rührte sich auch nicht, als Anja sie erreichte, als sie entsetzt „Daniel" hervorstieß, auf seinen gesenkten Kopf blickte, auf das tote Tier und das Blut, und dabei wieder die Hardrockklänge hörte – ganz deutlich und dennoch Tausende von Gefühlen entfernt, wie sie da hinaufgeschaut hatte zu seinem beleuchteten Fenster und noch nicht gewusst hatte, worauf sie seit langem und vielleicht immer schon wartete, und ihr diese stille Wehmut als hinzunehmende Nebenwirkung der täglichen Dosis Leben erschien.

„Du hast ihn umgebracht, du hast diesen Kojoten..."

Er schaute auf. Mit dem Fuß versuchte er, das Gewehr ins Gebüsch zu schieben.

„Bist du wahnsinnig geworden!" Sie zerrte ihn hoch an den Schultern, sie schüttelte seinen schmächtigen Körper.

„Was ist denn schon dabei?" Er bemühte sich, gleichgültig auszusehen. „Jeder ballert herum in der Gegend..."

„Woher hast du überhaupt das Gewehr?"

„Brauchst doch nur den Fernseher einzuschalten..."

Er drehte sich weg, aber sie riss ihn an der Schulter zurück.

„Das ist mein Stück Land hier", sagte sie.

„Hör schon auf, mich zu schütteln." Seine Stimme war dünn, er reichte ihr kaum bis zu den Schultern, mein Gott, dachte sie, ein Kind. „Woher kommt dieses Gewehr?"

Er zögerte, gab der Erde ein paar Tritte. „Mein Vater hat eine ganze Sammlung..., rennt auch bei jeder Gelegenheit damit herum." Er schwankte ein wenig, hockte sich wieder nieder und ließ sich dann der Länge nach auf den Rücken fallen, neben den toten Kojoten, neben die halbversteckte Waffe.

„Heute Abend haben meine Eltern Krach gehabt. Die streiten öfter, aber heute war es anders..."

Sie musste schnell zurückschauen zum Haus, sich vergewissern, dass es noch vorhanden war: dieser Schattenklotz, zerschnitten von Ästen und Sträuchern, mit seinem einzigen blaublass in die Dunkelheit starrenden Auge, dessen Pupille Daves winzige Silhouette war, dazu klackklackklack, abwechselnd dröhnend, hastig, leise in ihrem Ohr und dann wieder Stille. Nur der diffuse, nie ausgeknipste Schein des Computers unter der Mondscheibe wie eine letzte Lampe in der erloschenen Welt.

„Heute hat mein Vater gesagt, er steckt mich in eine Militärschule, so ein Internat an der Ostküste, wo sie dich von früh bis spät schinden, eiskalte Bäder, kilometerlange Märsche..." Er lag da, hatte die Augen geschlossen, seine Stimme zitterte. Er sah so bleich aus, dass sie sich neben ihn kniete. „Kein Wort beim Studieren, Strammstehen, Uniform, Flausen aus dem Kopf, Disziplin hinein, ohne die, sagt Vater dauernd, ohne die ich keine Chance hab auf einen Platz im College und später eine..., eine ‚Führungsposition', worauf es einzig und allein, wie er mir immer erklärt, worauf es ankommt im Leben, wenn er mich anruft aus seinem Wolkenkratzer und ich ihn mir vorstelle, wie er von seinem Schreibtisch aufs Meer schaut, ohne das Meer jemals gesehen zu haben, weil er nur Zahlen sieht und auch nicht mich, verstehst du, nur das Geld, und er redet und redet und ich will auch was sagen, will ihm sagen, dass ich..., aber er hat mich schon vergessen und hört mir sowieso nie zu."

Er setzte sich mit einem heftigen Ruck auf. „Ich will nicht in diese Militärschule! Bitte hilf mir, bitte lass mich bei dir..."

„Vorhin, als ich heimkam", sagte sie leise, „warst du das in unserem Haus?"

Er starrte in den Eukalyptushorizont. „Ich hab mich doch nur versteckt. Meine Mutter will nicht, dass ich fortgehe, und Vater hat getobt, und da lag das Gewehr herum, und ich glaube, meine Mutter hat den Sheriff gerufen, und irgendwann hab ich das Gewehr erwischt in dem ganzen Geschrei, es ging ja alles so schnell..."

Von dem toten Tier lief ein Blutfaden wie ein winziger schwarzer Käfer über die Erde zu ihr, zielstrebig und ohne innezuhalten, immer weiter, und sie dachte wieder an das dunkle Haus in ihrem Rücken, das so friedlich mit derselben Erde verwachsen schien und in dem die Jahre so unauffällig und selbstverständlich ein- und ausgegangen waren, wie die Geschichten, wie die Liebe, wie du und ich, bis wir irgendwann steckengeblieben sind, dachte sie, auf den Schwellen, in den Räumen, den Bildern, der Zeit, in uns selber, und es nicht einmal bemerkt haben...

„So hör doch zu!"

Einen Moment lang wusste sie nicht, wo sie war.

Neben ihr lauschte Daniel, auf einmal wieder Kind, mit zur Seite geneigtem Kopf, hellwach. Und dann hörte auch Anja den Vogel, und es kam ihr so vor, als zersplitterte in seinen Tönen die Nacht.

„Ich hab ihn heute früh gesehen." Daniel flüsterte.

Irgendwo trällerte und zirpte der Vogel. Ausdauernd, geschwätzig schwang er sich mit seiner Melodie hinauf bis in die Sterne und durch den Bogen der Nacht zurück in die Bäume.

„Es ist sein Liebeslied", sagte Anja leise, „er wirbt um ein Weibchen. Es ist die Zeit der Mockingbirds", und sie fragte sich, ob Dave ihn hörte in dem Haus, ob er überhaupt noch dort war, hinter einem der lichtlosen Fenster.

„Was du immer hast..." Daniel hatte sich zu ihr gedreht. „Der Vogel sitzt einfach auf seinem Ast und sagt den anderen, hei du, hier bin ich, das ist mein Baum, lasst mich gefälligst in Ruhe."

Mitten im Gesang verstummte der Vogel.

Daniel langte ins Gestrüpp nach dem Gewehr, schien jedoch unschlüssig, ob er jetzt aufstehen sollte und gehen.

Anja zog ihren Fuß ein wenig zurück, um der schmalen Blutspur auszuweichen, die so beharrlich ihren Weg suchte von dem toten Kojoten zu ihr. Vielleicht war es derjenige, dem sie heute Abend begegnet war oder gestern oder in irgendeiner anderen Dunkelheit, wenn sie im Auto saß, in das allmählich durchschaubare Schwarz starrte und dabei den grün leuchtenden Blick des Tieres erwiderte, bevor sie nach ihrem Haustürschlüssel tastete, rasch aus dem Wagen stieg und zurück in ihr Leben verschwand.

Sie zögerte. Sie streckte ihre Hand aus. Und dann berührte sie den leblosen Körper, strich ängstlich, scheu und behutsam über sein Fell.

„Ich hätte nie gedacht", sagte sie, ohne Daniel anzusehen, „dass du so etwas tun könntest."

„Ist doch nur ein Kojote."

„Bist du auch nur ein Mensch?"

Sie schwiegen beide. Saßen einfach da und warteten, vielleicht darauf, dass der Mockingbird noch einmal sang, oder auf den Morgen oder etwas unbeschreiblich Wunderbares, weil es doch irgendwann einmal, dachte sie, auch eintreffen könnte.

Sie legte ihre Hand auf Daniels Knie. Sie fühlte, wie sich seine Muskeln anspannten, aber sie ließ ihre Hand dort liegen.

„Wovor haben wir Angst?", fragte sie leise.

JA, MAX

Für Lisa war die Sonne eine dahintreibende Blüte, für Moritz ein in den Himmel gebranntes Loch, durch das die Ufos schossen. Lisa sah in der Sonne auch eine errötende Königin und Moritz einen Indianerhäuptling mit Federn. Für Max war die Sonne eine Störung, er zog es vor, wenn sie sich verbarg, und für Alma… vielleicht…, nein, vieles auf einmal. Zum Beispiel, wie gerade jetzt, ein helles Wohlbefinden auf ihren geschlossenen Lidern. Früher hatte Max sie dort geküsst und dann war sie aufgewacht.

Alma verweilte ein wenig in der Erinnerung und schlug dann die Augen auf, mitten in die Sonne hinein. Ihr Blick wanderte durch den Raum und zunächst sah alles aus wie immer, sofern etwas immerwährend sein konnte, das nur vorübergehend bestand. Sie lebten überall und deshalb nirgendwo: Max vergrößerte sich die Welt, die er mit ungeduldigen Schritten durcheilte, in seinen Filmen, Lisa und Moritz besuchten immer neue Schulen in den verschiedenen Ländern und lernten mühelos jeweils andere Sprachen, während ich, dachte Alma, in möblierten Häusern und Wohnungen durchs Fenster hinausblicke auf unbekannte Städte, Eisschränke anfülle und wieder leere und dabei immer diesen Klang von schlagenden Türen höre, das Geräusch des Schlüssels, der sich im Schloss dreht und Leben wegsperrt und einschließt irgendwo. Wir haben schon so viel davon zurückgelassen in den Dachkammern der fremden Orte und wissen nicht einmal mehr wo. Und wenn ich nun, dachte sie an diesem Morgen, in dem winzigen Augenblick, als der Schlaf ganz von ihr abgefallen war und sie sich erinnerte und ihr ganz kurz schwindelte unter diesem leichten Beben in ihrer Brust und sie erkennen musste, dass die Dinge heute anders aussahen als sonst: Wenn ich nun selber all dem den Rücken kehre und davongehe, einfach auf und davon, in die entgegengesetzte Richtung der Welt? Sie lächelte und sie wusste nicht warum.

In der Küche räumte sie das Frühstücksgeschirr der Kinder in den Geschirrspüler und schenkte sich Kaffee ein, den Max ihr vorbereitet hatte. Sie ging damit ins Wohnzimmer und setzte sich auf den Rand des Sofas. Vielleicht lag es nur an dem Licht, diesem niemals gleichen Licht, dass ihr plötzlich alles so verändert schien. Manchmal ist die Sonne auch eine Hexe, hatte Lisa behauptet, und Moritz hatte erwidert: sie ist eine Spinne, die durch die Zimmerdecke an ihrem Faden herabgleitet und ihr glänzendes Netz über alles wirft.

Alma starrte in dieses Leuchten, in dem sich der Raum aufzulösen begann, und es kam ihr vor, als wäre es ein Abbild ihres eigenen Lebens: diffus, auseinander fließend, vorüberwandernde Helligkeit, nicht mehr und nicht weniger. Mein Licht, sagte Max zu ihr, so wie andere Liebling sagten oder: mein Herz. Mein Licht, als wäre es hell in ihr.

Unter ihren Augen schwankte die Scheibe des Kaffees in der Schale auf und ab und auch dahinein war die Sonne gefallen und blendete sie.

Ihr Herz, da war es wieder, hörbar, spürbar, schnell und unbekannt, ihr eigenes, flüchtiges Herz. Max würde vor dem Abend nicht heimkommen. Sie hatte jetzt einen ganzen Tag lang Zeit. So wie in diesem Raum hier, versuchte sie sich zu beruhigen, alles wieder in seine vertraute Gestalt zurückfinden würde, wenn die Sonne erst einmal über die Dinge hinweggewandert war, würde sie einen Ausweg finden. Man musste nur abwarten können. Abwarten und überlegen. Sie besitze nicht die Disziplin der Logik, hatte Max ihr erklärt, oder war es logische Disziplin, es mache sich jedenfalls bemerkbar in fast allem, was sie tat. Er wolle sie doch nur ermutigen, hatte er rasch hinzugefügt, aber er hatte den Satz beendet, bevor sie erfuhr, wozu. Ja, Max. Natürlich, Max. Wahrscheinlich, vielleicht, ich weiß es nicht, Max, weiß es nicht mehr. Wo ich doch einmal glaubte, es mit der ganzen Welt aufnehmen zu können.

Seit neun Jahren waren sie nun verheiratet, seit einer unendlichen Summe von Gedanken, Gefühlen, Erlebnissen und einer nachvollziehbaren von Wochen, Tagen, Stunden, sie müsste das einmal ausrechnen. Und dann: einundzwanzig, zweiundzwanzig, dreiundzwanzig. Ein einziger Augenblick der unbedachten Worte, der so unwesentlich war im Geschehen der Welt und im Moment des Aufflackerns bereits im Begriff zu verlöschen, und dennoch war in ihm gestern ganz lautlos und beiläufig eine Erschütterung durch ihr Leben gegangen, deren Folgen sie noch nicht absehen konnte. Um die Welt in die Luft zu jagen, dachte Alma, wie viel Zeit braucht der Mensch dazu, und wie viel Zeit, um...

Das Läuten des Telefons riss sie aus ihren Gedanken. Sie erhob sich rasch. Sie wünschte sich plötzlich, dass es Max war, jener Max von früher, der die richtigen Antworten wusste und den sie so gut zu kennen glaubte, dessen Leben in ihres hineingewachsen war und ohne Schmerz von diesem nicht trennbar, nicht dieser andere, Fremde, Doppelgänger, von dessen Existenz sie bis gestern keine Ahnung gehabt hatte.

Sie nahm den Apparat in die Hand, ging damit ein paar Schritte unschlüssig auf und ab, zögerte, während das Telefon weiterläutete ins Leere und ihr Herz schneller klopfte, so wie damals, wie am Beginn der Geschichten, wenn alles sich nur um die Liebe drehte und noch nicht ums Leben und Überleben, das kam erst später, wenn man Glück hatte, erst lange danach. Sie blieb am Fenster stehen, schaute hinaus, durch die zurücklaufende Zeit hindurch mit ihrem wirbelnden Inventar, Licht und Dunkelheit, ihren Figürchen und winzigen Schemen, die sich begegneten, aneinander vorbeiglitten, überrannt wurden von neuen Bildern, bis sie sich selbst irgendwo entdeckte, herauswachsend aus der Ferne der Jahre, sie sah sich mit ihm und sie war wieder jung.

Sie studierte noch an der Schauspielschule, als sie Max heiratete, und als sie dann seine Frau war und er im Begriff bekannt zu werden, erklärte er ihr, sie könne nicht oder besser er wolle nicht, dass sie in seinen Filmen spielte. Sie glaubte damals sogar, es zu verstehen: gemeinsames Leben, getrennte Arbeit, was in ihrem Falle bedeutete, gar keine Arbeit. Wie hätte sie auch arbeiten können, bei diesem Vagabundenleben, in dem sich alles um seine Filme drehte, und bald gab es ja auch die Kinder, und sie versuchte weiterhin, es zu verstehen, aber zwischen das Verstehen und die dahinziehende Zeit und zwischen das Begreifenwollen und das Jeden-Tag-leben-Müssen drängte sich schleichend und hartnäckig etwas, das sie nicht Angst nennen wollte, nein, nicht Angst, weil sie noch nie Angst gehabt hatte im Leben, eher war es… so ein hastig über sich selbst stolperndes Pochen in ihrer Brust, als hätte sie eine kaputte Uhr verschluckt, vielleicht aber war es nur Trauer, ein anderes Bewusstsein der Dinge. Dann wünschte sie, sie könnte die Zeit festhalten, ein paar Gefühle, ein paar Gedanken lang, oder sich selbst festhalten an der Zeit, ihre Arme um die Kinder legen und um ihn, nicht gleich loslassen, bevor sie jeden Morgen aus dem Haus stürmten und irgendwann neu und anders und gestärkt heimkamen zu ihr, die zurückblieb, ruhelos durch all diese Wohnungen wanderte, als lebte nicht sie selbst, sondern jemand anderer hier, eine glückliche Frau, ja, es geht uns allen gut, und ich bin eine glückliche Frau, sagte sie zu den Wänden, die sie umschlossen, und wusste immer deutlicher, je öfter sie es wiederholte, dass sie sie niederreißen musste, durchbrechen, um die Welt, wenigstens einen kleinen Ausschnitt davon, irgendwie zu erreichen: wenn schon nicht von der Bühne oder der Leinwand, denn um Schauspielerin zu sein, war sie nun fast schon zu alt…, ach, sie könnte tausend Dinge tun, es fiel ihr nur gerade nichts ein, weil… diese Atemnot, dieser Druck, bleib stark, gib ihnen nicht nach, nur der Sehnsucht, die die Jahre ihrer Ehe überlebt hatte und die Geburt ihrer Kinder und die irgendwo noch immer – und darüber war Alma vielleicht am meisten erstaunt – in diesem Niemandsmeer ihrer Seele dahintrieb wie ein unbewohntes Eiland.

Wo auf all den Wegen hatte sie ihr eigenes Leben verloren, war sie achtlos und vergesslich geworden, als wäre es nur ein wertloser Gegenstand, ersetzbar wie ein Flugticket, eine Brille, ein Autoschlüssel? Ich habe zwei gesunde Kinder. Ja, ich weiß, das sollte man nicht vergessen. Ich bin eine glückliche Frau. Bin es jedenfalls, so weit man es sein kann, gewesen. Bis gestern kam es mir vor, als wäre ich eine fast glückliche Frau.

Das Telefon hatte zu läuten aufgehört und sie hatte es nicht bemerkt. Ob er nun fürchtete, dass sie… Ob ihr Mann sich überhaupt fragte, was sie tagsüber tat, wohin sie ging? Ob Max jemals so zum Fenster hinausschaute? Ob er sich schon einmal vorgestellt hatte, dass sie eines Tages, wenn er nach Hause kam, vielleicht nicht mehr da war? Dachte er wie sie und in demselben Maße an die Vergänglichkeit des Glücks?

Was würde ich dafür geben, fuhr es ihr durch den Sinn, während sie noch immer am Fenster stand, ihn in seinem dunklen Kino sitzen zu sehen und auf der Leinwand eine Frau betrachten, aufmerksam, selbstvergessen und ohne ausweichen zu können vor ihrem Gesicht, sie kennen lernen zu müssen in dieser Großaufnahme, ihre Geschichte, ihre Hoffnungen, sich in sie zu verlieben, noch einmal. Und diese Frau bin ich.

Sie wünschte sich plötzlich sehnlichst zu sterben. Es schien ihr die äußerste und kühnste Überraschung, die sie ihm bereiten konnte: Nachdem ihr Mann ihr gestanden hatte, dass er eine Freundin habe, fand er seine Frau am nächsten Morgen tot in der gemeinsamen Wohnung. Oder: Am Morgen, nachdem er sie von seinem Seitensprung (war er wirklich nur heiter und gedankenlos einmal nach rechts oder links gehüpft?) in Kenntnis gesetzt hatte, erlag sie den Wunden, die er ihr zugefügt hatte. Starb an gebrochenem Herzen..., oh nein, den Gefallen würde sie ihm nicht tun: Am Morgen nach begangener Tat erschoss sie ihn. Oder: Nachdem er sich in Erklärungen verstrickt hatte, dass es sich ja nur um eine Herzensschlamperei (ausgeborgtes Wort!) handle (der Grund allen Aufruhrs, eine vermutlich verführerische Frau, war im Laufe des Geständnisses zu einer geschlechtslosen Angelegenheit geschrumpft und fast hätte Alma Mitleid mit ihr empfunden), ging sie am nächsten Morgen auf und davon und ward nimmer gesehen. Was für eine Rabenmutter, sagte alle Welt. Seht nur, der arme Mann mit zwei Kindern, verlassen von seiner Frau!

Aber mein Mann, sagte Alma zu den Wänden, dem Sonnengitter, dem Telefon, der Kaffeetasse und dem Bild im Fensterrahmen, mein Mann hat eine Freundin!

Sie konnte sich beim besten Willen nicht mehr daran erinnern, wie es gestern überhaupt zu dieser Offenlegung einer bislang offensichtlich so streng und meisterhaft geheimgehaltenen Angelegenheit gekommen war: Gerade war die Welt noch so bunt und leicht und laut und wie immer auch ein wenig irritierend dahingeeilt, und dann dieses Stocken. Stille.

Hier in diesem Zimmer, das gestern ebenso und auf eine andere Weise hell gewesen war, hatte er es ausgesprochen. Zuerst hatte sie geglaubt, ihn nicht richtig verstanden zu haben, es war ja alles gar nicht wahr und gleich würde die

Welt wieder einsetzen und fortfahren, an einem ganz normalen Sommerabend, der sein nachsichtiges Licht durch die Fenster in diesen Raum schickte und ihn immer weiter füllte, während allmählich das eben Gesagte in ihr Bewusstsein sickerte und sie endlich begriff. Aber anstatt der großartigen klugen oder gewitzten Worte, die man immer parat hatte im Stillen, in all diesen Generalproben mit sich selbst, anstatt einer beeindruckenden, nachhaltigen Geste, statt Wut, Verzweiflung, Zorn, wollte ihr kein anderer Gedanke kommen als dass ohnehin fast jeder eine Freundin hatte, nun also auch wir, ich meine *er*, man hörte es ja schließlich dauernd, obwohl ich selbst mich immer in Sicherheit wähnte, und auch umgekehrt, auch Frauen haben Liebhaber, recht so, jedenfalls habe ich es bei uns immer ausgeschlossen, weil du naiv bist, Alma, eine Träumerin, die anderen ja, wir nicht, trotz allem.

Er war auf und ab gegangen im Zimmer, vor ihren Augen, auf und ab, ihr Mann und ihr Leben, und wenn jetzt gleich alles unterging und verschwand, nur sie würde übrig bleiben, allein? Erst unlängst, fiel ihr ein, hatte sie gelesen, dass jede zweite Ehe geschieden wird. War das etwa ein Trost? Natürlich nicht. Machte es die Sache einfacher? Keineswegs. Verringerte es den Schmerz? Nein. Aber, sei ehrlich, bricht deshalb die Welt zusammen? Ja, Max. „Ja", entfuhr es ihr laut.

Sie biss sich auf die Lippen, schloss schnell die Augen. Nur ihn nicht ansehen, nur seinem Blick nicht begegnen müssen. Sie hörte ihn etwas fragen, ohne ihn zu verstehen, was völlig einerlei war, denn sie wollte ihm jetzt sowieso ihr Ohr verweigern, ihm und seinen Kränkungen, sich stattdessen lieber auf diese roten, ineinander verschmelzenden Spiralwunder hinter ihren geschlossenen Lidern konzentrieren, auf denen sie die Sonne spürte – früher hatte er sie dort geküsst und dann hatte sie die Augen aufgeschlagen.

Später wusste sie nicht mehr genau, wie sie auf einmal alles um sich herum vergessen hatte können, sie hatte sich müde gefühlt, auf eine jähe, überwältigende Weise müde, während er weiterredete, irgendwann schwieg und auf eine Antwort zu warten schien.

Ein wenig benommen, erwärmt von dieser wattigen Sonne, die ihren Körper umhüllte, beschützte wie... Scheinwerferlicht auf der Bühne, wiederholte sie deshalb: „Ja." Einfach nur ja, ja...

Das Einzige, was ihr aufgefallen war, als sie die Augen öffnete: dass sie ihren Mann zum ersten Mal in all den Jahren ihres Zusammenlebens fassungslos sah.

„Was ja?", fragte er. „Soll das heißen...?" Die Worte schienen ihm auszugehen.

Er starrte sie an wie eine Erscheinung: überrascht, unsicher, verwirrt, respektvoll, hingerissen, fasziniert?

Sie blinzelte misstrauisch. Sie hatte keine Ahnung, wovon er sprach, und die Sonne stach ihr jetzt in die Augen.

„Du hast es also die ganze Zeit gewusst und du hast... gelitten und geschwiegen und...?"

Natürlich nicht, Betrüger, Schurke, treuloser Verräter an den Kindern, an mir, wollte sie ihn anschreien und auf ihn losstürzen, diesen Schutzschild seiner Überlegenheit zertrümmern, aber gerade noch rechtzeitig hielt sie inne.

Sie sah ihn erstaunt und verwundert an.

Ihr war elend und zum Lachen zumute.

Und dann sagte sie es noch einmal, probierte es leise, behutsam aus, dieses offenbar magische Ja:

„Ja, Max."

Er war dagestanden wie ein besiegter, wie ein verliebter Mann. Der Raum leuchtete und die Sonne war eine Hexe, Spinne, Königin und ergoss sich noch immer über sie.

„Alma", hatte er schließlich ebenso leise gesagt, „Alma,

mein Licht." Und nach einer Pause verlegen hinzugefügt: „Ich kann mir nicht helfen, aber die Sonne kräuselt deine Haare, die Sonne oder dein Zorn. Ich glaube, ich habe eine Rolle für dich."

War es wirklich so simpel, fragte sie sich, als im selben Moment wieder das Telefon läutete, in diesen Morgen hineinschrillte und in dieses Zimmer, in dem sie noch immer untätig und versunken in die ständige Wiederholung des gestrigen Abends herumsaß. Bemüh dich nur! Ich bin nicht erreichbar! Von jetzt ab bin ich einfach nicht mehr da!

Das Klingeln hörte auf, setzte zehn Minuten später wieder ein.

In der folgenden Stunde läutete das Telefon noch dreimal, jedes Mal lange. Es ist zu spät, verstehst du, man kann nicht lieben und nebenher noch einmal lieben. Oder nein, vielleicht sich ganz anders geben: abweisend, gelassen, verführerisch... Als es zum vierten Mal läutete, riss sie den Hörer vom Apparat.

„Mir musst du nichts vormachen, Liebes", rief ihre Schwiegermutter energisch, ein wenig erregt in ihr Ohr, „ich versteh dich doch! Max hat mir alles erzählt. Mein Sohn ist ein Idiot. Das habe ich ihm auch gesagt. Du bist ein Idiot, habe ich ihm gesagt, dass du..."

„Eleonor, ich..."

„... deine Ehe aufs Spiel setzt, deine Kinder, die Familie, wegen so einer dummen Geschichte..."

Ich hätte nicht abheben dürfen, dachte Alma. Sie konnte Max' Geständnis, das fast lautlos und beiläufig stattgefunden hatte und bislang nur in ihrem Innern als zersplitterndes Krachen eines unentwegt einstürzenden Gerüsts widerhallte, noch nicht mit dem Ton von anderen Stimmen vermengen. Es war noch nicht öffentlich.

„Eleonor, bitte lass uns..."

„Du kannst mir glauben, Alma, ich weiß, wie du dich fühlst. Deshalb musste ich sofort mit dir sprechen. Wenn ich dir sage, dass mein Mann, dein Schwiegervater, Max' Vater, dass dieser Schuft mich im Laufe unserer Ehe fünfzigmal betrogen hat, so viele, wie nennt man das, nun... derartige Geschichten, fünfzig hat er jedenfalls gestanden, und über dem Rest hängt Schweigen, so ist dir zwar nicht geholfen, aber..."

Alma hatte Max keinen Vorwurf gemacht, hatte überhaupt nichts mehr gesagt, sondern sich umgedreht, es waren nur ein paar Schritte bis zur Tür, schnell hinaus, verschwinden, nur wohin? Aber bevor sie die Tür erreichte, hatte er ihre Hand gefasst, sie war stehen geblieben, und alle Empfindung, alles Leben pochten auf einmal in dieser Hand, ihrer in seiner, kalt in warm, dreh dich jetzt nicht um, lass dich nicht in die Arme schließen, logisch vorgehen und diszipliniert, Verbrecher du, es geht immer nur um Macht, und einer ist immer schwächer, weil einer liebt immer mehr.

„Eleonor?", hörte sie sich fragen.

„Ja, Alma?"

„Wie hast du das, ich meine, wie konntest du damit leben?"

Ihre Schwiegermutter lachte kurz auf. „Frag mich etwas Einfacheres!" Und dann leiser, als hätte dieses kleine aufflackernde Lachen sie erschöpft: „Es war auch eine andere Zeit. Wir hätten nicht einfach so weggehen können und von neuem anfangen wie ihr heute. Ihr beginnt euer Leben immer wieder neu, und ich finde das wunderbar. Damals, verstehst du..., einen Mann zu verlassen, es hätte bedeutet, dass das Leben in gewisser Weise vorbei gewesen wäre."

„Aber hast du ihn nicht irgendwann verabscheut oder gehasst dafür?"

„Vielleicht", sagte Eleonor, „aber ich habe auch nie aufgehört, ihn zu lieben."

Sie schwiegen, und nach einer Weile sagte Alma leise: „Warum hat er es mir überhaupt erzählt?"

„Halte dich lieber an die Tatsachen: Max hat eine Freundin. Natürlich liebt er sie nicht. Sie ist im Grunde völlig unwesentlich. Denk an deinen Schwiegervater: Du wirst mir doch nicht weismachen wollen, dass er oder irgendein anderer Mann fünfzigmal – man stelle sich das einmal vor: fünfzigmal – leidenschaftlich, aufrichtig, bedingungslos *liebt*. Diese…", sie unterbrach sich, änderte ihren Ton um eine kaum hörbare Nuance, „diese Freundin von Max, der offenbar die Gene seines Vaters in sich trägt, ist nur eine mehr oder weniger, und sag mir jetzt nicht, dass das deine Ehe bis heute, ich meine bis gestern, auch nur irgendwie beeinflusst hat."

Eine mehr oder weniger? „Sagtest du gerade, eine mehr oder…"

„Weißt du, Alma, manchmal hatte ich fast Angst um dich. Man kann ja nicht gerade behaupten, dass du mit beiden Beinen fest auf dem Boden der Tatsachen stehst. Die Welt, du siehst sie irgendwie so, wie sie nicht ist. Aber als Max mir gestern erzählte, dass du ohnehin schon alles gewusst hast, da war ich überrascht und, bitte versteh mich nicht falsch, fast erleichtert. Max ist übrigens völlig verwirrt und das ist gut so. Er bewundert deine Würde, deine Gelassenheit, dein Geheimnis, wie er sagte. Plötzlich sieht er dich in einem völlig anderen Licht. Wie gesagt, mich hat es erleichtert: Dann wird sie doch jetzt nicht aus der einen Geschichte ein solches Drama machen, hab ich mir gedacht, wo sie bis jetzt immer so klug geschwiegen…"

„Ja", fuhr ihr Alma dazwischen, genug jetzt, bitte, Schluss damit, schon wieder dieses Ja, verhängnisvoll und fallenreich, „du hast ja Recht, nur…"

„Ich bewundere dich dafür, ich konnte es nie. Mit Würde,

mit Grazie hast du geschwiegen, obwohl du offenbar die ganze Zeit…, was ich eigentlich immer vermutet habe, weil du viel zu intelligent und feinfühlig bist, von seinen Geschichten gewusst hast."

„Nein", sagte Alma, „nein!"

„Was nein?"

„Ich meine…" Zu spät, egal, sie hatte sich hineinmanövriert in die Wahrheit, widerstandslose, unbedachte Jasagerin. „Es ändert nichts daran", fügte sie leise hinzu, „dass man leidet."

„Weißt du", Eleonors Stimme klang plötzlich müde, „ab einer gewissen Zeit habe ich mich darauf gefreut, älter zu werden. Dann hab ich das endlich alles hinter mir, habe ich mir gedacht, dann werde ich guten Wein trinken und nur das kochen, was ich mein Leben lang essen wollte und mir nie gestattet habe zu essen, und ich werde mich aufs Sofa legen und Romane lesen und endlich Ruhe haben. Und was tue ich stattdessen: ich halte noch immer Diät, ich möchte noch immer jünger sein als ich bin und noch immer denke ich nach über die Liebe und weiß die Antwort nicht. Du liebst ihn doch?"

Die Blätterschatten eines Baumes, die im Fensterrahmen zitterten, verschwammen Alma vor den Augen. Sie wischte sich ungeduldig mit dem Handrücken über die nassen Wangen. In der linken Hälfte des Zimmers fraß ein schmaler, stetig wachsender Streifen langsam das Sonnenlicht. Sie hörte einen Lastwagen vorbeifahren, und in dem Lärm das dumpfe Hallen von schlagenden Türen. Den Schlüssel, der sich rasch dreht. Noch einmal von vorne anfangen. Ein Stück Zeit zurückspulen wie einen Film und alles darauf löschen. Und würde ich es wirklich anders machen? Wüsste ich denn wie? Sie stellte fest, dass die Fensterscheiben geputzt werden mussten und sie folgte mit den Augen dem leichten Wind draußen in der Wiese. Der nur sich selbst gehörte. Sie wollte heute die Setzlinge in ihrem Gemüsebeet pflanzen, Lisa brauchte neue Schuhe und Moritz hatte sie ein Skateboard zum Geburtstag versprochen. Und im Bad... , ach sie wusste nicht, was in dem verdammten Bad schon wieder kaputt war, aber sogar das Badezimmer würde ihr durch den Tag helfen, hin zum Abend, wenn Max heimkam und sie wieder wie eine ganz normale Familie zu Tisch sitzen würden, wie immer, wegen der Kinder, und dennoch, seit gestern, anders.

Und dann wurde ihr klar, wieder mit dieser Verzögerung, die so oft den Schmerz begleitet, dass heute bereits nichts mehr so war wie gestern: denn gestern hatte Max nur eine Freundin gehabt und sie nur eine Wunde. Da hatte es noch nicht Frauen gegeben und Geschichten und eine ganz in Frage gestellte Liebe, noch nicht ein drittes und viertes, vielfaches Leben neben dem ihren mit ihm, dessen Wert sie plötzlich nicht mehr erkannte: vielleicht nur ein Anhängsel, eine Randbemerkung, so ein zusätzliches Stück Gepäck in den wilden Abenteuern des Lebens, ein Alibi, wer weiß, beim Rendezvous mit der Vergänglichkeit.

Gestern, dachte sie, während ihre Schwiegermutter weiterredete im Hörer, ihre verständnisvolle, unglückliche Eleonor, gestern hatte sie es immerhin noch geschafft, mit ihm und den Kindern am Tisch zu sitzen, als sei fast nichts geschehen, obwohl sie es kaum auf ihrem Sessel ausgehalten und sich bei jeder Gelegenheit erhoben hatte: Die Beine waren ihr meterlang vorgekommen, nur mit Mühe konnte sie sie herschleifen hinter sich, musste aufpassen, dass sie sich nicht verwickelten und verknoteten. Den Suppentopf, den sie in die Küche trug, wollte sie fallenlassen, einfach loslassen und zusehen, wie er in alle Richtungen über das Parkett zerstob. Oder ihn Max an den Kopf schleudern, mitsamt der heißen Suppe, diese dicke Luft zerschneiden, seinen Kopf abtrennen. Dann hatte sie sich auf einmal so kraftlos gefühlt, die würgende Geschwulst der Demütigung wieder in sich wachsen gespürt.

Max' Augen, diese schuldbewusst leuchtenden Augen, für die sie ihn hasste, waren an ihren Wangen, ihrem Mund, ihrer Haut geklebt. Der festgesaugte Blick folgte ihr überall hin. Ruhig bleiben, ihn nicht anschauen, ignorieren, weiterhassen..., und sogleich schrumpfte das Geschwür in ihr.

„Wie war dein Tag?", hatte Lisa sie irgendwann gefragt, und sie erinnerte sich daran, wie in derselben Sekunde alle Bitterkeit verflog in einer heißen Zärtlichkeit. Sie hatte ihre Tochter erstaunt angesehen, ihr ernstes und – wie ihr schien – ängstliches Gesicht, und erwidert: „Wie immer", hatte gelächelt, „vielleicht besonders."

„Weil wir heute beschlossen haben...", hörte sie Max sagen, aber Moritz fuhr ihm mit seiner kleinen, eifrigen Stimme dazwischen: „Dann hast du sicher wieder eine Geschichte", er sah seine Mutter bittend an, „so wie die, als das Huhn im Suppentopf zusammen mit der Köchin geflohen ist..."

„Du sollst nicht dauernd den anderen unterbrechen", hatte Max ihn getadelt.

„Oder die", Moritz verhaspelte sich fast, „vom Angriff des Riesenküchenschabenheers auf die Mutter, die immer allein zu Hause..."

„Hast du nicht gehört?", fuhr ihn Max ungeduldig an. „Also, wir haben beschlossen", sagte er wieder ruhiger, „am Wochenende in die Berge zu fahren, nur wir vier, ganz abenteuerlich in eine Hütte und ganz..."

Alma hatte den Kopf langsam in seine Richtung gedreht und er hatte den Satz dann lieber doch nicht beendet. Dafür lächelte er ihr auf eine Weise in die Augen, dass ihr vor Zorn – oder Liebe – das Blut ins Gesicht schoss. Moritz hatte einen Schrei der Begeisterung ausgestoßen, der sich in Indianergeheul verwandelte, zumindest in seine Vorstellung davon, Lisa hatte ihren Vater angeschaut und dann ihre Mutter, Max lächelte immer noch, und Alma hatte schnell und mit kühler Stimme in seine Richtung gesagt: „Das Bett im Gästezimmer ist gerichtet."

„Wieso?", hatte Moritz mit vollem Mund gefragt.

„Man spricht nicht mit vollem Mund", hatte Max ihn zurechtgewiesen.

„Weil", hatte Alma nach einer kleinen Pause erwidert, ohne Max anzusehen, „morgen Besuch kommt. Dein Onkel."

Lisa war plötzlich aufgestanden und hinausgegangen. Als sie zurückkam, hatte sie ihr Heft mit den Schulaufgaben in der Hand.

„Man steht nicht ohne zu fragen vom Tisch auf." Max klang gereizt.

„Übrigens weiß ich nicht", meinte Alma beiläufig und sah an ihm vorbei, „ob ich mitkommen kann in die Berge."

Moritz stieß noch einen Indianerschrei aus, Max zog hörbar die Luft ein, und Lisa begann leise aus ihrem Heft vorzulesen: *Die kleine Tanne stand ganz alleine auf der großen Wiese.*

„Wir sind noch beim Essen", unterbrach sie Max.

„Lass nur", sagte Alma. Lisa hob den Blick zu ihr, und Alma nickte.

Die kleine Tanne schaute um sich, weit und breit war niemand zu sehen, und sie fragte: Bin ich nun die erste oder die letzte Tanne auf der Welt? Ich werde die Sonne fragen, überlegte die kleine Tanne.

„Nicht schon wieder die Sonne", nörgelte Moritz.

„Sie ist uns freundlich gesinnt", entgegnete Max.

Also sag mir, Sonne: Bin ich nun die erste oder die letzte Tanne auf der Welt? Beginnt die Welt jetzt erst oder hört sie auf?

Sie ließ ihr Heft sinken. „Jetzt weiß ich nicht mehr weiter."

Die Sonne wunderte sich über die Frage, meinte Alma, ohne aufzublicken, *und sagte zu der Tanne: Was macht es für einen Unterschied?* Sie hielt inne, dachte einen Moment lang an etwas anderes und gerade, als sie weitersprechen wollte, fuhr Max mit der Geschichte fort: *Der Unterschied ist, antwortete die Tanne, dass, wenn die Welt jetzt erst beginnt, ich nicht alleine bleiben muss.*

„Das schreib ich", sagte Lisa.

Wie kann es sein, dachte Alma, die noch immer vornübergebeugt auf ihren Teller starrte, als wollte sie die Blicke der anderen abwehren, wie kann es sein, dass sich letztlich immer alles darum dreht?

„Obwohl", sagte Lisa, „es ist doch eigentlich egal, ob sie allein bleibt oder nicht."

„Denk einmal darüber nach", antwortete Max, und Lisa, die mit dem Schreiben begonnen hatte, ließ ihren Bleistift sinken und sah ihn fragend an.

Im selben Augenblick, Alma sprach leise, mehr zu sich selbst und mit noch immer gesenktem Blick, *kam ein Vogel geflogen und ließ sich auf einem Ast der Tanne nieder.*

„Und der Vogel zirpt", unterbrach sie Moritz ungeduldig. „Dann beginnt es zu regnen."

Alma blickte hoch und musste plötzlich lachen. Sie fühlte wieder Max' Augen auf sich und musste trotzdem weiterlachen, und während sie nicht aufhören konnte zu lachen, vernahm sie ganz deutlich das zarte Schlagen und Flattern von Flügeln: emporschreckend, luftzerreißend, staubaufwirbelnd, dunkelheitdurchtrennend, schwerkraftüberwindend.

„Alma", fragte in dem Moment Eleonor in ihr Ohr, „bist du noch dran?"

Auf einmal war wieder Morgen, der fortschreitende, sich

stetig verändernde, inzwischen im schnelleren Rhythmus des Tages entschwindende Morgen, in einem Raum mit seinen Gegenständen, die sich ebenfalls ständig verwandelten, immerfort neu zeigten im langsam dahinziehenden Licht, und nur ich, dachte Alma, stehe noch immer wie festgewachsen am Fenster, in dieser gleißenden, tanzenden Sonne, mit meinem weltfremden Anspruch ans Glück.

Sie warf einen Blick hinaus auf den Garten, und gerade, als sie sich abwenden wollte, sah sie den Vogel und wie er kleine und größere Schleifen in den Tag zeichnete, davonschoss, zurückglitt...

„Alma, hörst du mich", rief Eleonor.

„Ja", sagte Alma, „ja", und folgte mit den Augen dem Vogel, der sich übermütig fallen ließ und wieder hochschwang in dieser blauen Luft, die voller weit aufgerissener Türen war, durch die er hindurchflog, einfach hindurchflog, auf den nahen Himmel zu.

Gleichzeitig, in den Kammern des Herzens

I love Paris every moment,
every moment of the year.
Why oh why do I love Paris?
Because my love is near.

(Ella Fitzgerald)

Um diese Zeit empfand sie mit hartnäckiger Regelmäßigkeit einen Druck in der Brust, ein Zittern, das hochstieg in ihren Kopf, sich einnistete wie eine Made in ihrem Gehirn, sie war rastlos, auf der Flucht, wie Matthew es nannte, wenn er über die Koffer und Reisetaschen stieg, die ausgebreitet auf dem Boden lagen.

Weil sie Weihnachten hasste, und das bereits seit ihrer Kindheit, hatten sie sich angewöhnt zu verreisen, meistens ziellos, oft nach Europa, diesmal wieder Paris. Es war die Zeit, wo die Leute durchdrehten, meinte Oona, alle Jahre wieder stieg die Selbstmordrate, wurde dieser Planet Leben in irgendeiner kleinen, scheinbar unbedeutenden Existenz durch ein mysteriöses Detail aus seiner Bahn katapultiert, Zeit der Sehnsucht und der brüchigen Gefühle, über deren glatte, festgefrorene Oberfläche sich haarfeine Risse zogen wie draußen über das Eis des Winters. Wo doch alle Welt vom Frieden sprach und von da oben zwischen den Sternen die Bomben herabfielen auf die Erde wie zu anderen Zeiten auch, der Hass nicht alterte, die Liebe selten jung blieb und ein Mann, zum Beispiel, sich nach der Weihnachtsbescherung fortstahl von seinen Kindern und seiner Frau sagte, er wolle den Hund ausführen, und dann zu einer anderen Frau ging, für eine jämmerliche kleine Stunde, und der Hund saß die ganze Zeit dabei. Und weil der Mann nicht wusste, wie er sich sonst erleichtern sollte, bekennt er es jetzt vor aller Welt, dachte

Oona, als sie in Paris im Taxi zu letzten Weihnachtseinkäufen unterwegs war und im Radio die Stimme dieses Mannes hörte und eine heitere Moderatorin alle paar Minuten die Telefonnummer der Sendung wiederholte und, wenn es ihr passte, dem jeweiligen Anrufer einfach das Wort abschnitt und eines dieser Lieder spielte, *I am dreaming of a White Christmas*, bevor sie gutgelaunt sagte, wer ist der nächste Hörer am Apparat, s'il vous plaît...

„Würde es Ihnen etwas ausmachen, den Sender zu wechseln", fragte Oona.

Die Ohren des Taxifahrers vor ihren Augen waren abstehend, rosig, groß. Sein rechtes Auge erschien im Rückspiegel und starrte sie an. „Ja", sagte er feindselig und behielt beide Hände auf dem Lenkrad.

„Dann möchte ich aussteigen." Sie wühlte in ihrer Tasche nach den Zigaretten und ihre Finger streiften dabei flüchtig über das glatte Leder des Adressbuches. Auf der Straße blieb sie einen Moment lang stehen und suchte nach dem Gedanken, den sie verloren hatte. Sie tastete vergeblich nach den Streichhölzern, warum waren ihre Bewegungen so fahrig, und als sie den Kopf hob, bemerkte sie, wie ein Weihnachtsmann sie aus ein paar Meter Entfernung beobachtete. Er kam auf sie zu, drückte auf das Feuerzeug in seiner Hand, und als sie ihr Gesicht darüber neigte, berührten die Kuppen seiner Finger, die er als Schutz vor dem Wind um die Flamme hielt, ihre Wangen. Das Ende der Zigarette glimmte auf, und ihre Blicke trafen sich eine Sekunde lang über dem Feuer. Sein Gesicht unter der Schminke war jung, er lächelte. Er kam ihr bekannt vor, es war absurd, ein Weihnachtsmann sah schließlich aus wie der andere.

„Danke", sagte sie, und als er nicht ging, deutete sie mit dem Kopf in Richtung der Kinder, die bei der Bushaltestelle warteten. „Sie sollten Ihrer Pflicht nachgehen."

Er klemmte sich eine Zigarette zwischen die Lippen, ohne sie aus den Augen zu lassen. „Nervös?", fragte er.

„Ich?" Sie lachte auf. „Wieso... ich?"

„Fuck Christmas." Er grinste.

„Sie sind Amerikaner?"

„Ein Amerikaner in Paris..." Er summte eine Melodie, steppte ein paar Schritte von ihr weg, wieder auf sie zu.

Arbeitsloser Schauspieler, dachte sie. Die feste Form seines Mantels schien auszulaufen in eine schwabbernde rote Masse, es sah deprimierend aus.

„Also dann: Merry Christmas." Sie ließ ihn stehen und eilte zwischen den Autos, die auf der Straße festklebten, auf die andere Seite des Boulevards. Sie fühlte seinen Blick auf ihren Beinen. Er ging ihr auf die Nerven und diese ganze Lüge auch. Carolyn glaubte noch an das Märchen, und im selben Moment fühlte Oona wieder einen jähen Schmerz in der Gegend ihres Herzens. Irgendwann sollte sie ihrem Kind die Wahrheit sagen, aber jetzt war sie noch zu klein, es gab genug Zeit, und... nicht alles musste immer ausgesprochen werden.

Sie drückte mit ihrer Schulter die Tür einer Telefonzelle auf, und als die Hotelrezeption ins Zimmer durchgestellt hatte und Oona endlich Matthews Stimme hörte, sagte sie schnell: „Sag mir, dass du mich liebst."

„Wo bist du gerade?"

„Soll das eine Antwort sein?" Die Luft schmeckte rauchig und ihr Atem bildete einen kleinen trüben Fleck auf der Scheibe.

„Mehr denn je", hörte sie ihn sagen.

„Beweise", sagte sie.

„Jetzt gleich?" Matthew lachte.

„Ja, nein, ich weiß nicht", drängte Oona, „später und überhaupt..."

„Ich gebe dir ein heiliges Eheweihnachtsversprechen, dass..."

„Wer kann schon", unterbrach sie ihn ungeduldig, „ein Versprechen geben für immer."

„Oona", er sprach jetzt zu ihr wie zu Carolyn, „du wolltest es doch hören."

Sie dachte an den Mann im Radio, diese verdammte Weihnachtsbescherung und den Hund, ja, sie wollte es hören, sie wollte sich seiner Liebe vergewissern in diesem Augenblick und dann nicht weiter darüber reden.

„Ich liebe dich auch", sagte sie.

„Wirklich?" Sie wusste, dass er jetzt lächelte.

Als sie aufgelegt hatte, stand sie unschlüssig in der Telefonzelle und starrte durch das beschlagene Glas auf die Kühlerhauben der Autos, die mit den Umrissen der vorbeieilenden Menschen zu einem vielfarbigen Muster verschwammen, aus dem sich allmählich ein roter Fleck herauslöste, der nach einer Weile wieder die Gestalt des Weihnachtsmannes annahm. Er hatte sich nicht von der Stelle gerührt und beobachtete sie vom gegenüberliegenden Gehsteig. Er wackelte mit dem Kopf, als hätte er Bedenken.

Sie drehte sich rasch zurück zum Telefon, fingerte wie vorhin in ihrer Tasche herum und zog ihr Adressbuch heraus.

Fast gleichzeitig mit seiner Stimme verschwanden die Ziffern, die sie eben gewählt hatte, in dem kleinen Fenster über dem Apparat. *Sie haben noch zwei Einheiten*, erschien jetzt dort in Blinkschrift.

„Michel", sagte sie leise.

Er schwieg, und das Knacken in der Leitung erinnerte sie daran, dass sie nur mehr eine Telefoneinheit besaß.

„Du musst jetzt schnell etwas sagen, wir werden gleich unterbrochen."

Auf der anderen Seite der Glasscheibe fuhren die Autos

jetzt geräuschlos vorbei, als hätte die Stille in ihrer Ohrmuschel die Welt um sie herum verschluckt, und über dem Dach des Kaufhauses an dem kleinen Carrefour zerriss eine Girlande aus elektrischen Lichtern den Winterhimmel. Dahinter verglühte müde die Sonne in einem sich rasch verschmälernden Saum.

„Wo bist du?", fragte er.

Wie Matthew. Sie hörte Michel noch etwas sagen, was sie nicht verstand, weil es sie auf einmal von so weit her erreichte, als müsste seine Stimme erst diejenige von Matthew durchdringen, in ihrem Kopf, in ihrem Herz, im ganzen Körper. Sie sah zu, wie am Display die Zahl Null aufblinkte, an- und ausging, an und aus, während sie in ihrer Tasche hektisch nach einer Telefonkarte suchte, die sie doch nicht besaß, aber sie brauchte Zeit, nur einen winzigen Bruchteil der unendlichen Zeit, jenen Anlauf, um ein lächerliches kleines Wort zu sagen.

„Ich bin", sagte sie im selben Moment, als es im Hörer knackte und die Zahl erlosch, „ich bin in Paris, nur eine halbe Stunde von dir entfernt."

Sie versuchte ein Taxi heranzuwinken, aber als der Bus direkt vor ihr hielt, stieg sie ein. Sie hörte ihre eigene veränderte Stimme, die nach der Station fragte und ein klein wenig zitterte, wie ihre Hand, die ein paar Münzen in die nierenförmige Schale neben dem Busfahrer legte. Er weiß es, dachte sie, als sie seine Augen auf sich spürte.

Sie ließ sich erschöpft – oder aufgeregt, nervös, neugierig, etwa erleichtert? – auf einen Sitz fallen. Eine Hundeleine scheuerte an ihrem Bein, und als sie den Blick hob, schwebte das kleine Gesicht eines alten Mannes über ihr. „Vor einem Hund können Sie nichts verbergen", sagte er leise. Er bückte sich nach dem Tier und zerrte es gegenüber von Oona auf den Sitz neben sich.

Sie nickte. Keine Fragen, keine Gespräche jetzt. Sie musste überlegen, sich konzentrieren. Sie hatte nicht vorgehabt, ihn anzurufen, es war ihr in gewisser Weise widerfahren, und schon war ihr kleiner Lebensplanet, wie sie es immer zu nennen pflegte, aus der Bahn geraten, der vorgeschriebenen, der einzuhaltenden, und derjenigen, an der man selber festhielt.

„Hunde haben einen siebten Sinn", der alte Mann beugte sich ein wenig zu ihr, „Hunde sind die stummen Zeugen unserer Unzulänglichkeiten, unserer ..."

„Warum braucht man immer Zeugen", unterbrach sie ihn, „ich meine, Zeugen wovon und wofür?"

Ein junger Mann grinste zu ihr herüber. Sie ärgerte sich, dass sie errötete, und drehte rasch ihr Gesicht zur Seite.

Durch den Mittelgang von ihr getrennt saß ein dunkelhaariges Mädchen, das in ihre Richtung schaute und mit einem blonden Mädchen, von dem Oona nur den Rücken sehen konnte, sprach. „Wenn du dir irgendetwas zu Weihnachten wünschen könntest, wünschen, was du wirklich willst..."

„Du darfst aber nicht lachen!"

„Ehrenwort." Die Dunkelhaarige hob feierlich ihre Hand.

„Einen Freund", platzte es aus ihrer Freundin heraus. „Ich würde mir einen Freund wünschen", und aus ihrer Kehle rutschte ein verschämter, hilfloser Ton, „ich war noch nie verliebt."

„Da schau, was er mir geschenkt hat!" Das dunkelhaarige Mädchen streifte einen schmalen Silberring von ihrem Finger. Ihre Hände waren rund und weich, Kinderhände, die noch einer anderen Zeit angehörten und einem anderen Körper. „Bei meinem Freund", sagte sie dann und schloss ihre Hand um den Silberring zur Faust, „ist es zu Hause wie bei mir. Er ist auch allein."

„Wissen Sie", hörte Oona wieder die feine, ein wenig

monotone Stimme des alten Mannes, „ein Hund enttäuscht Sie nie. Zehn Jahre sind wir nun schon zusammen, länger als meine zweite Frau und ich. Die Ehe hat nicht gehalten. Emily dagegen ist mir geblieben." Er streichelte Emily, die fett und melancholisch neben ihm saß. „Heute Nacht habe ich geträumt, dass sie sprechen kann. Wo doch morgen Weihnachten ist, da kommen einem halt so Gedanken. Man stellt sich vor, stellt sich einen gedeckten Tisch vor, an dem man sitzt mit jemandem ..., und mit jemandem vor dem Lichterbaum, ich meine, es könnte schlimmer sein, ich darf nicht klagen, schließlich hab ich meine Emily, nur ... ein bisschen plaudern, Sie verstehen, was ich meine, ein bisschen miteinander lachen ..." Er redete leise weiter, als wartete er – neben Emily, die schwieg – auf keine Antworten mehr.

In den Busfenstern war inzwischen die Sonne untergegangen und der Tag erlosch in diesen jähen und dennoch schattenschweren Farben, für die Oona keine Namen wusste. Es war die Stunde, die sie liebte, weil sie nicht der Welt gehörte, sondern nur sich selbst, eine entlegene Bucht im wechselnden Licht der Zeit.

„Seit wann ist es denn aus?"

„Aber es ist ja nicht aus."

Obwohl die Fenster gekippt waren und von draußen der Lärm hereindrang, war es im Wageninnern bis auf die Stimmen der Mädchen ganz still.

„Ich meine das mit deinem Vater und deiner Mutter."

Die Dunkelhaarige streckte ihre Beine mit den Stiefeln im Mittelgang des Busses aus. „Als mir mein Vater alles erklären wollte, hat er gesagt ..., er hat gesagt, er weiß nicht mehr, ob er die andere gehabt hat, weil es mit meiner Mutter und ihm schon aus war, oder ob es aus war, weil er die andere gehabt hat." Sie hob die Beine waagrecht in die Luft, drehte ihre Füße in den Gelenken hin und her und starrte nachdenklich in die kreisenden Bewegungen, Spiralen, die vor Oonas Augen schrumpften und wieder wuchsen, Gedankenwirbel, Erinnerungen, ein Bildersog, in dem Oona auf einmal die Salzränder wahrnahm auf dem Leder der Stiefel, vom Schnee, wie in ihrer Kindheit und Jugend, wie in jenem Winter, der seit ein paar Stunden überall auflebte, als wäre er nicht längst Vergangenheit, unwiederbringlich verblasst – und trotzdem, beharrte sogleich etwas in ihr, ein Teil von mir –, in dem sie mit Michel in eine Nacht hineingelaufen war, aus ihrem Leben in einen Traum, in diesen silbernen, greifbaren Himmel, der auf der weißen Landschaft lag.

Sie waren durchgebrannt für eine einzige Nacht, deren Preis so viel Verstellung war und so viel Lüge. Seine Frau und die Kinder waren schon vorausgereist in die Berge. Er hatte ihnen erklärt, er wolle in einem Hotel auf halber Strecke übernachten, weil er Paris erst am Abend verlassen konnte.

Noch nie war sie mit Michel eingeschlafen, noch nie mit ihm aufgewacht, hatte immer nur Stunden mit ihm verbracht, begrenzte kleine Augenblicke, die sie zusammenzählte und in eine falsche Unendlichkeit dehnte, und jedes Mal, wenn er dann wieder fortging, blieb sie zurück mit dem Katzenjammer einer Abhängigen, empfand sie den Betrug doppelt und dreifach, nicht nur an ihr, der anderen Frau, sondern auch an sich selbst. Ein halbes Glück, ein verschenktes Glück, und dennoch war sie süchtig danach.

Das Hotelzimmer war überheizt gewesen, und die Bettlaken hatten nach der scharfen Blumenformel eines Waschmittels gerochen, nach einem vorgegaukelten Sommer in dieser Dezembernacht, die durch das geöffnete Fenster in ihre Körper schnitt wie eine Klinge, schmerzte und köstlich war.

Irgendwann in die Dunkelheit hinein, die sie sich mit jeder Faser ihres Körpers angeeignet hatte, einverleibt, hatte das Telefon geläutet. Seine Frau war krank geworden – Michel hatte Oona nie erzählt, ob sie selbst angerufen hatte oder eines der Kinder. So wie Oona ihm nie gesagt hatte, dass sie wusste, es war eine Lüge. Michel mochte es geglaubt haben. Aber wie sollte seine Frau nicht in seinen Augen gelesen haben, dass seine Gedanken abschweiften, dass er litt? Lüge gegen Lüge, dachte sie, Fair Play.

In jener Nacht war Oona bewusst geworden, dass sie ein Geheimnis teilte mit dieser Unbekannten, die sie sich stets neu erfand in den Tagträumen und einsamen Nächten. Später, als sie sich endlich für Matthew entschied, hatte sie sich oft gefragt, ob er wusste…, und sie kam zu dem Schluss, dass…, nein, er lebte anders.

Seitdem waren fünf Jahre vergangen, und Oona hatte nie mehr Schnee gesehen, nie mehr das Salz und die rissigen Rinnsale auf dem Leder, die sie an jene fast unsichtbaren Spuren erinnerten, die die Traurigkeit hinterließ.

Sie schaute wieder auf die Stiefel des Mädchens, sie musste sich getäuscht haben. In Paris war die Luft mild wie im Frühling, und nirgendwo gab es Schnee.

„Meine Mutter", das blonde Mädchen redete sehr leise, „will nicht, dass wir zu viel wissen. Dafür hör ich aber, wie sie alles mit ihrer Freundin am Telefon bespricht. Sie hat ihr gesagt: man kann nicht zwei Leben gleichzeitig haben, man hat ja auch nicht zwei Herzen."

„Hast du schon einmal ein Herz gesehen?" Die Dunkelhaarige beugte sich vor und spielte mit den Schnallen der Schultasche, die auf ihren Knien lag.

„Es sieht *so* aus", sie legte ihre zwei Fäuste aneinander, „eigentlich wie eine große Pflaume, an die eine andere dranwächst. Es hat … zwei Kammern oder …"

„Ich glaube, es ist größer."

„Auf jeden Fall ist es sehr klein, wenn man bedenkt…"

„Was bedenkt?"

Sie überlegte, sagte dann: „Mein Vater will sein Herz spenden. Wenn er einen Unfall hätte zum Beispiel…"

„Wenn er tot wäre", fiel ihr das andere Mädchen ins Wort. Sie wartete einen Augenblick. „Würdest du gerne das Herz von deinem Vater kriegen?"

„Nein", die Dunkelhaarige drehte ihren Kopf zum Fenster. „Meine Mutter sagt, sein Herz gehöre verboten."

Eine Zeit lang war nichts zu hören in dem Bus als der leise rasselnde Atem des alten Mannes. Sein Kopf war auf die Brust herabgesunken und sein Unterkiefer hing lose in dem schlaffen Gesicht, in das sein offener Mund ein Loch riss. Seinen Arm hatte er um den Hals des Hundes gelegt. In der anderen Hand baumelte ein Einkaufsnetz, in dem sich ein einziges Weihnachtspäckchen befand. Das Netz schwang sachte im Rhythmus des fahrenden Busses hin und her, träge, eintönig wie ein Pendel, und schlug irgendwann gegen Oonas Wade.

Mit einem Ruck setzte sie sich auf. Einen Moment lang wusste sie nicht, warum sie überhaupt in dem Bus hier saß. Dann versuchte sie zurückzufinden zu Michel, auf diesem schmalen, ihr so vertrauten Pfad der Träumerei, aber alles in ihr schien verstummt, auch ihr vor kurzem noch so waghalsig dahinhastendes Herz.

Der orangefarbene Schein der Straßenlichter mischte sich mit dem weißen Neonlicht im Innern des Busses, überzog fleckig die Gesichter der Fahrgäste, floss weiter, kroch die Wände hinauf bis zur Decke, veränderte sich und befiel erneut die Köpfe wie Ausschlag.

Nichts mehr fiel ihr ein, kein einziges ermutigendes Wort von ihm, kein Satz, der einem blieb, wenn man sich entfernte in andere Geschichten und andere Zeiten. Es schien ihr plötzlich, als wäre sie aus Versehen in einen Wagen gestiegen, mit dem man nirgendwo ankam und wenn, dann nicht dort, wohin man wollte. Aber wo, dachte sie verwundert, war überhaupt dieses Wohin?

Sie suchte nach dem kleinen Spiegel in ihrer Handtasche und schaute verstohlen hinein. In wenigen Minuten würde sie ihm gegenüberstehen. Michel, dachte sie. Angestrengt, konzentriert und irgendwann dann endlich – zärtlich? Michel. Matthew ... Michel.

„Letzte Weihnachten", hörte sie das dunkelhaarige Mädchen sagen, „ist meine Mutter draufgekommen, dass mein Vater eine Freundin hat. Und dann hat sie ihn hinausgeworfen, und als er zurückkommen wollte, hat die Freundin mit Selbstmord gedroht."

„Einmal", sagte die Blonde, „so hat es meine Mutter ihrer Freundin am Telefon erzählt, soll mein Vater den Christbaum mit den brennenden Kerzen gepackt und ihr nachgeschmissen haben, und im Radio haben sie *O du fröhliche* gespielt, und seit damals, hat sie gesagt, habe sie Mordgedanken gehabt und..."

„Kannst du verstehen, was die Erwachsenen ständig mit Weihnachten haben?"

„Ich glaube, sie wollen dann immer glücklich sein."

„Das Jahr über sind sie's ja auch nicht."

„Das Jahr über kommen sie überhaupt nicht auf die Idee."

Das Jahr über bin ich..., dachte Oona, glücklich?, welcher Anspruch, was man eben darunter verstand! Und auf einmal war sie rückfällig geworden. Wie jemand, der zu lange innerhalb komplizierter Spielregeln gelebt und zu großen Gefallen daran gefunden hatte an dieser zweiten, verborgenen Existenz, in der er sich mühelos und ohne Spuren zu hinterlassen bewegte, um jemals noch einem Glück zu trauen, der Möglichkeit eines Glücks, die ihm bis dahin unbekannt gewesen war. Aber sie hatte sich doch entschieden, hatte eines Tages Matthew geheiratet und beschlossen..., glaubte sich geheilt von der Sucht…, der Sucht, unglücklich zu sein, ja, sie war in gewisser Weise…

„Ist dir eigentlich aufgefallen", hörte sie wieder eines der Mädchen in ihre Gedanken hinein sagen, „dass es immer die Männer sind, die weggehen?"

„Das ist nicht wahr!" Wie ein falscher Ton fielen Oonas Worte in die helle Melodie der Mädchenstimmen. In dem Bus war es plötzlich auf eine andere Weise still als vorhin. Ich meinte doch nur, dachte sie und schloss die Augen, um nicht in all die Gesichter schauen zu müssen, die sich zu ihr gedreht hatten, es gibt auch Männer, die bleiben. Und obwohl sie damals versucht hatte, Michel aus ihrem Herzen zu stoßen dafür, ihn zu verbannen für immer und ewig, war sie sich jetzt, Jahre später, in diesem Bus auf dem Weg zu ihm, nicht mehr sicher, wovor sie sich mehr gefürchtet hätte: dass er bei seiner Frau und den Kindern blieb oder dass er sie verließ ihretwegen.

Oona öffnete die Augen und blickte geradewegs in das blasse Gesicht des blonden Mädchens, das sie nachdenklich, ernst und ohne jede Neugier betrachtete. Als sich ihre Augen begegneten, verharrte es sekundenlang in diesem Blick. Vorsichtig, verletzbar… wie Carolyn. Oona sah ihre Tochter ganz kurz, aber deutlich über den Zügen des Mädchens, das sich im selben Moment zurückdrehte zu ihrer Freundin, und mit ihr die Köpfe der anderen im Bus.

Nur Emily starrte sie unverwandt an. Sie musste ihren fetten Leib verlagert haben, denn der Arm des alten Mannes, der noch immer schlief, hing schlaff im Leeren.

Der Bus hielt, und Oona erhob sich. Sie war gerade beim Aussteigen, als eines der beiden Mädchen sagte: „Ich würde alles anders machen", mit dieser leisen Spur einer Traurigkeit in seiner hellen und doch schon ein wenig umschatteten Stimme, „ich würde einfach lieben."

Langsam schloss der Bus seine Türen und zwängte sich wieder in die Kette der Schlusslichter. Oona sprang schuldbewusst zur Seite, als ein Auto hupte, bis sie bemerkte, dass gar nicht sie gemeint war. Sie fühlte eine unsinnige Angst, erkannt zu werden, und ließ sich aufnehmen im Strom der Gestalten, die auf dem Weg waren nach Hause.

Sie blieb abrupt stehen. Ein Mann rempelte sie an, entschuldigte sich. Sie starrte in sein fremdes Gesicht und hörte ihre eigene Stimme nach der Straße fragen.

Sie musste sich beeilen.

Ein paar Minuten später stand sie atemlos vor dem Haus. Ganz kurz, ein zittriges Flügelschlagen lang, glaubte sie angekommen zu sein, endlich angekommen wie nach einer verwirrenden, mühsamen Reise – oder war es nur, dass man, bevor man den Schlussstrich zog und Abschied nahm, noch einmal aufbegehrte, waghalsig war, jung?

Und warum auch nicht? Sie schaute um sich, es war jetzt ganz dunkel, und um diese Uhrzeit glichen sich alle Städte.

„Wenn Sie vergessen sollten, dass Sie in Paris sind, dann drehen Sie sich einmal um sich selbst...", Michel hatte höflich gelacht, hatte geredet, ohne darauf zu achten, was er sagte, „... und plötzlich tanzen Sie mit dem Eiffelturm."

Er war so nahe bei ihr gestanden, dass ihr heiß geworden war aus Verlegenheit, Scham, Verlangen. In dem überfüllten Raum schienen die Menschen zusammengepresst zu einem unförmigen Pulk, aus dem sich unentwegt, beinahe schwebend, schwarze Silhouetten lösten. Alles war gedämpft und durchsichtig wie im Traum.

In Champagnergläsern schwamm Licht, und Ella Fitzgeralds Stimme legte sich wie eine zarte Spinnwebe um ihr Herz. *Why oh why do I love...*

„Und dann weißt du für immer", hatte Matthew Michels

Satz zu Ende geführt und ebenfalls gelacht, *"there's nothing like Paris."*

„Ich versuche Michel seit langem davon zu überzeugen, irgendwo an den Stadtrand zu ziehen", sagte Michels Frau. „Wegen der Kinder." Sie trug ein schwarzes, eng anliegendes Kleid, und der Silberschmuck um ihren Hals schimmerte in ihren Augen. „Aber es scheint so", fuhr sie fort und nickte jemandem hinter Oona zu, dabei streifte ihr Blick sie kurz und glitt wieder weg, „als wollte er nicht heraus aus diesem, nun ... Hexenkessel", und noch immer leuchteten ihre Augen.

Es war das erste Mal gewesen, dass sie sich alle vier begegneten. Michel hatte zu einer Feier in seinem Büro eingeladen. Es war wieder Weihnachten und ein Jahr vergangen seit jener Winternacht in dem Hotel in den Bergen, und mindestens zwei von ihnen logen. Dennoch waren sie alle heiter, entschieden glücklich.

Matthew legte seinen Arm um Oonas Schultern, eine winzige Sekunde bevor Michel sagte: „Wenn Sie wollen, lege ich Ihnen Paris zu Füßen."

Sie sah ihn befremdet an. Er redete in diesen schwachsinnigen Sätzen, die man auf Cocktailpartys austauschte, und sie ärgerte sich, dass sie errötete.

„Für einen Augenblick", verbesserte ihn seine Frau. Sie lächelte. Ihre Augen waren jetzt um eine Nuance dunkler.

Matthew ließ seinen Arm von Oonas Schulter gleiten und drückte sie an ihrem Schulterblatt leicht in Richtung Michel.

„Du warst noch nie oben auf der Terrasse? Geschäftspartner", sagte er und zeigte nach oben und deutete flüchtig um sich herum und lachte wieder mit seiner Stimme, nicht mit den Augen, „die kriegen das immer zu sehen, ich schätze, bevor er ihnen einen Vertrag vorlegt."

Nein, dachte Oona, die aus ihren Gedanken hochschreckte und sich auf der Straße wiederfand vor Michels Haus, das war nicht eine Welt, in der man einander brennende Christbäume nachschmiss, mit Mord drohte und dem Schmerz eine hässliche Sprache gab, während sie im Radio die Weihnachtslieder spielten.

Hinter zwei Fenstern, ganz oben, brannte Licht, und sie war sich ganz sicher, dass er wartete auf sie. Sie fühlte sich plötzlich müde und nicht mehr jung.

Sie überquerte die Straße, und als sie sich zurückdrehte zu dem Haus, erschien fast gleichzeitig die Silhouette eines Mannes in einem der beleuchteten Fenster. Sie wich einen Schritt zurück an die dunkle Hauswand. Der Mann, der nicht zu erkennen war, rührte sich nicht. Sie trat einen Schritt vor und hob ihren Arm, ließ ihn jedoch sogleich wieder sinken.

Die Straße war noch immer belebt, auf dem Gehsteig tummelten sich die Leute, und während Oona als Einzige dastand in diesem Menschenstrom, der sich um sie herum zerteilte, dann wieder zusammenfloss, und darauf wartete, dass all das zurückkehren würde, was sie bis vor einer Stunde noch und all die Jahre hindurch irgendwo in den verborgenen Kammern ihres Herzens – das sie nie spenden könnte, wer wollte schon ein solches Herz in Aufruhr – gehütet hatte und bewahrt und plötzlich so dringend brauchte, um die Tür dieses Hauses aufzustoßen, fiel ihr wieder jene Winternacht vor ein paar Jahren ein. Aber sogar die Erinnerungen schienen sie jetzt im Stich zu lassen, die doch sonst stets abrufbar waren, eine sichere Zuflucht in der sich ständig erneuernden Gegenwart. Auf einmal sah sie die Vergangenheit, die sie sich immer gerne ein wenig zurechtlegte, in die sie eingreifen konnte, wann und wie und wo sie es wollte, oder teilweise vergessen, sah sie so, wie sie wirklich war: das überheizte Hotelzimmer mit seinen Bettlaken, von denen der künstliche Blumengeruch ausging, das geöffnete Fenster, durch das die eisige Luft in ihre Körper schnitt, den Schimmer des Schnees, die Salzränder auf den Stiefeln ..., und irgendwann hatte das Telefon geläutet ...

Sie hatten sich wortlos im Dunklen angezogen. Als sie das Zimmer verließen, hatte Michel auf den Lichtschalter gedrückt. Vielleicht nur aus Versehen. Nein, er hatte es absichtlich getan. Das Licht flammte auf, grell und kalt, und sie hatten sich schweigend angesehen, mit von der jähen Helligkeit überraschten, befremdeten Augen. Der nachtblaue Raum, in dem eben noch die Schatten ihrer Körper über die vom Mond gefleckte Wand geglitten waren, war plötzlich nackt und wieder nüchtern, öffentlich, anonym. Es war nicht schwergefallen fortzugehen. Es war ihm leicht gefallen zurückzukehren.

Sie stand noch immer auf dem Gehsteig, und während sie sich fragte, ob der Mann dort oben in dem Fenster sie sah, hörte sie in ihrem Ohr die Stimmen der Mädchen aus dem Bus und irgendwo dahinter, zuerst nur leise wie vorher Ella Fitzgeralds Lied, das Klirren der Gläser, das Gemurmel der Partygäste, Matthews Lachen, Michels Lachen, das Lachen seiner Frau, und dann, überdeckt von schöneren Erinnerungen, abgeschwächt über die Jahre zu einem fernen Echo, das Klappern ihrer Absätze, als sie vor Michel die enge Treppe hinauflief zur Dachterrasse und sein Arm von hinten ihre Schulter streifte und an ihrem Körper vorbei eine Tür aufstieß ins Freie.

Sie hatte sich umgedreht zu ihm.

Er musste sich ein wenig bücken, als er heraustrat auf das Dach. Sein Gesicht war bleich, angespannt und hart.

„Bist du wahnsinnig geworden", fuhr sie ihn an, „vor Matthew, vor deiner Frau ..."

Er riss sie in seine Arme, öffnete ihr Kleid, und sie wehrte sich mit aller Kraft gegen ihn, diese idiotische, verlogene Eleganz da unten auf der Party mit dem einlullenden Licht, den schwachsinnigen Wortfallen, der falschen Leichtigkeit, sie schimpfte und wand sich in seiner Umarmung... und sehnte sich nach ihm, stieß ihn von sich, wollte nicht... nachgeben, begehrte ihn.

Irgendwann löste sie sich widerstrebend, ging ein paar Schritte zur Seite, kam zurück. Sehr sanft, sehr zärtlich legte sie ihre Stirn in seine Halsbeuge.

Seine Haut war wieder kalt.

Sie bückte sich träge nach ihren Schuhen und als sie sich aufrichtete, bemerkte sie, wie Paris unter ihnen und um sie herum funkelte in seinem nächtlichen Schmuck. Eine scharf geschnittene Mondhälfte verfing sich im Horizont.

„Ich hätte das nicht tun sollen", sagte er ruhig. „Ich komme mir vor wie ein Schwein." Er hatte sich abgewendet und schaute ebenfalls auf diese flimmernde Stadt ohne Ende.

Sie wollte von hinten ihre Arme um ihn legen. Sie hatte ihm doch verziehen.

„Ich habe eine schöne und kluge Frau", fuhr er fort, „ich habe drei außergewöhnliche Kinder, vier Menschen, die mir bedingungslos vertrauen, verstehst du", er drehte sich so heftig um zu ihr, dass sie einen Schritt zurückwich, „ich bin ein verdammtes Schwein."

Sie hatte bis jetzt die Kälte nicht gespürt.

„Ich habe alles auf der Welt", er sprach leise, mehr zu sich selbst, „alles, wovon alle Welt träumt..."

Sag es, dachte Oona, zitternd in ihrem dünnen Kleid, sag es, er konnte alles wieder gutmachen, dem Satz fehlte ein Ende, dem Satz fehlte das „Aber", die rettende Kehrtwendung... Doch er schwieg. Er hatte sie vergessen.

Sie hörte ihn die Terrassentür öffnen. Als auch sie sich zum Gehen umdrehte, bemerkte sie in einem schwach beleuchteten Fenster auf der anderen Seite der Terrasse den Kopf eines Weihnachtsmannes. Seine lachende Maske blickte unverwandt in ihre Richtung. Sie überlegte, wo sie ihn schon gesehen hatte, bis ihr einfiel, da unten, auf der Feier, dort wo…, wer verbarg sich unter der Maske?

Sie musste die Augen schließen. Sie hatte das Gefühl, ihrem Herz ging alle Kraft aus. Sie ließ sich in den Knien zusammensacken, die Arme umklammerten ihren gekrümmten Körper, weil sie sich doch irgendwo festhalten musste, und sie wimmerte leise. Stöhnte und wimmerte. Wie aus weiter Ferne das monotone Vibrieren der Großstadt und sonst gar nichts.

Sie wusste nicht, wie lange sie auf der Terrasse unter diesem nahen Himmel so gekauert hatte. Sie richtete sich auf und ging schnell und sehr gerade zur Tür. Sie hatte sie bereits geöffnet, als sie noch einmal zurückschaute zu dem Fenster mit dem Weihnachtsmann. Es war leer.

Später dachte sie oft, dass man ein Geheimnis nicht teilen konnte. Teilen bedeutete, in Stücke zerlegen, etwas verkleinern. Ein Geheimnis jedoch wurde mit jedem Mitwisser größer und mit jedem wuchs die Schuld.

Oona war damals überzeugt gewesen, dass ihr Leben sich nun festgehakt und verwickelt hatte an einem Punkt, von dem es sich nie mehr fortbewegen konnte. Aber kurze Zeit später beschloss Matthew, nach New York zurückzukehren, und im Sommer wurde Carolyn geboren. Oona war schwanger gewesen, als sie Matthew heiratete.

Nicht lange nach Carolyns Geburt ließ Michel sich scheiden und … nein, nein, sag jetzt nichts … ich möchte doch nur wie alle Menschen … möchte glücklich … mit Matthew, der mir, als ich ihn kennenlernte, gesagt hatte, die Zeit steht vor der Tür, aber sie wartet nicht auf dich, sie klopft an und geht vorbei, wenn du sie nicht einlässt.

Oona lehnte sich an die Hauswand. Die Straße war mittlerweile still und leer. Sie schloss die Augen, presste sie zusammen, zählte bis drei. Als sie sie wieder öffnete, war der Umriss des Mannes in dem beleuchteten Fenster verschwunden.

Ganz einfach, dachte sie und lächelte.

Und wunderte sich, dass ihr jetzt erst etwas klarzuwerden schien, was sie längst schon hätte wissen können oder sich nie eingestehen wollte. Von der Liebe und von der Zeit. Vom Zusammenhang der beiden und noch etwas anderem, vielleicht.

Und dann?

Bei Hernandez spielten die Mariachi. In abgetragenen Anzügen mit weißen Hemden, die unter ihren dunklen Gesichtern leuchteten, standen sie vor den blinkenden Weihnachtsgirlanden und es gab keinen einzigen freien Platz mehr auf der Terrasse. Die Sonne stieß sich an einem Bergrand und zerrann über die Hänge bis hinunter zum See.

Eine Gruppe von festlich gekleideten Leuten stellte sich lachend um ein Brautpaar herum zum Hochzeitsfoto auf. Die Sombreros der Mexikaner und die breiten, bestickten Borten, an denen die Instrumente um ihre Körper hingen, glänzten bunt in der schwindenden Sonne.

Irina öffnete die Wagentür und Arco, ihr Schäferhund, sprang hinein. Sie sah Adam über den Parkplatz auf sie zueilen, es fühlte sich an, als würde er geradewegs hineinlaufen in ihr Herz, wie ein Riss, ein heißer, überquellender Schmerz. Sie folgte ihm mit den Augen. Ich liebe dich, murmelte sie.

Eine andere Gruppe zwängte sich redend und gestikulierend in einen Bus, auf dem in grellen Buchstaben „The Golden State" geschrieben stand.

Langsam, zögernd löste sich der Himmel auf, begleitet von den Liedern der Mariachi, die sangen, als liebten, als litten sie, mit der Glut des Abschieds in ihren Stimmen.

„Drinnen ist auch nichts mehr frei." Adam klang verärgert.

Schräg hinter ihm blühten die Akazien in hellem, nervösem Gelb, daneben fransiger Eukalyptus aus sich schälenden Stämmen, tiefrot, das Licht war wieder jung, ein forderndes, unnachgiebiges Licht, und sie wusste nicht warum, aber heute Abend wollte sie, musste sie glücklich sein. Das neue Jahr hatte eben erst begonnen, auf der anderen Seite der Welt waren die Farben noch fahl und kalt, und eine Sekunde lang hatte sie Heimweh. *Besame,* sangen die Mexikaner, *besame mucho, come si fuera esta noche la ultima vez.*

„Was jetzt?" Adam schaute zu dem Golden-State-Bus, der lärmend startete und alles andere übertönte.

„Da drüben", schrie Irina über das Getöse des Motors hinweg und deutete auf die gegenüberliegende Straßenseite. „Lass uns zu Jimmys Hideaway gehen!"

Dann hörte man wieder das Lachen der Braut, die applaudierenden Leute, der Bus entfernte sich ins Blauviolettorangerot, der Hund bellte, *que tiengo miedo perderte, perderte después.*

Sie setzten sich an die Bar, die L-förmig fast den ganzen Raum einnahm. Aus den Lautsprechern dröhnte *When a man loves a woman,* und an einem der Billardtische spielte eine sehr alte Frau mit sich selbst.

„Du verzeihst", Adam zog das Handy aus seiner Jackentasche, er seufzte, er lachte, „diese Verhandlungen bringen mich um."

„Einmal", Irina sprach mit derselben Leichtigkeit wie er, „hatten wir nur die Liebe im Kopf, dann kam die Zeit, wo wir vor allem die Arbeit im Sinn hatten …"

„Aber noch immer die Liebe", warf er ein, mit seinem Ohr am Hörer und einem fast zerstreuten Gesicht.

„Ja", sagte sie, „nach der Arbeit. Andere Prioritäten, veränderte Reihenfolge."

Er protestierte ein wenig mit den Augen, drückte den Zeigefinger an den Mund, nickte, drehte sich weg, stand auf und verließ telefonierend den Raum.

Über den Flaschen an der Wand hingen eine Neonröhre in Form eines Kaktus, ein Bärenfell, ein Elchgeweih, eine Waffensammlung, aus der als Spielzeugfahne, *united we stand,* die amerikanische Flagge ragte, auf einem Sims lauerte ein ausgestopfter Kojote, und dann erst bemerkte Irina den Mann neben sich. Er starrte sie an.

In ihrem Rücken schlugen die Billardkugeln gegen die Bande, schwang die Tür mehrere Male auf und zu, hörte sie die Schritte der Männer wie im Kino, wenn sie hereintraten in den Saloon, stehen blieben und breitbeinig den Raum erfassten, ganz kurz nur, so lange der Tod brauchte, um hereinzuschlüpfen bei der Tür.

„Weißt du schon, was du willst?" Die junge Frau hinter der Bar hatte glatte Haare, die ihr auf die Schultern fielen, und schmale, mit Kohlestift umrandete Augen. Sie waren sanft wie ihre Stimme.

Irina nickte. „Zwei Margaritas." Der Mann neben ihr schob seinen Cowboyhut aus der Stirn, setzte die Bierflasche an die Lippen und schaute, während er trank, auf sie herab aus halbgeschlossenen Lidern. Im selben Moment, als er näher kam, trat Adam zwischen ihn und Irina, setzte sich auf den Barhocker und sagte: „Margaritas on the rocks."

Die junge Frau lächelte.

„Mit Salz", fügte Irina hinzu.

„Und jetzt?" fragte Adam.

„Was jetzt?"

„Ich meine: Arbeit, Liebe – vertauschte Reihenfolge, wie du behauptest, und was dann?"

Die junge Frau fuhr mit einem Becher durch ein Becken voller Eis. Das Rasseln der Eiswürfel riss einen Schlitz in die Worte, in den sich davonstehenden Augenblick.

„Jetzt will ich nach Hause", sagte Irina. „Zurück nach Europa."

„Jetzt wirst du alt", erwiderte er zärtlich. „Als ich dich kennenlernte, wolltest du möglichst weit weg, hast mich gedrängt, wolltest hinaus in die Welt …"

„Wir könnten uns eine kleine Wohnung nehmen", unterbrach sie ihn, „ein Pied-à-terre, zum Beispiel in Paris, und..."
Wieder läutete sein Telefon.

Er sprang auf, eilte redend durch den Raum, stellte sich neben die Billard spielende alte Frau.

Wie vorhin kam der Cowboy einen Schritt auf sie zu, beugte sich zu ihr, murmelte etwas so nahe an ihrer Wange, dass sie seinen Atem roch, er drängte sich auf ihre Haut.

„Lass sie gefälligst in Ruhe", sagte die junge Frau und schob die beiden Margaritagläser über die Theke zu Irina. Ihre kurz geschnittenen Fingernägel waren schwarz lackiert, ihre Hände sahen aus wie die Pfoten einer kleinen Katze und durch ihr Lächeln irrten Schatten von Müdigkeit oder einer darin vergessenen Traurigkeit.

„Halt den Mund, Hure", fuhr er sie an. Mit dem Handrücken wischte er die Bierflasche von der Theke. Sie fiel klirrend zu Boden, und am anderen Ende des Raums lachte Adam. *You know she is waiting,* sang jetzt Otis Redding, *just anticipating the thing that she will never never never...*

„Auf uns!" Irina hatte nicht bemerkt, dass Adam zurückgekommen war. Er nahm das Glas, setzte sich. Der Cowboy schlug mit der Faust auf die Theke, sein Körper sackte ein wenig nach vorne ein, die Gläser zitterten leise, und über Adams Kopf taumelte die Spielzeugfahne wie ein abgerissener Flügel durch Lichtstaub, durcheinander geschüttelte Bilder, ferneren Lärm.

„Wir sind im Krieg", sagte Irina, und schon war die Fahne wieder nur ein Stück kraftloser Stoff.

„Du musst die Uneinigkeit der Geschlechter", entgegnete Adam geduldig, „das Missverständnis zwischen Mann und Frau nicht immer gleich..."

„Amerika", fiel sie ihm ins Wort, „Amerika ist im Krieg."

Die junge Frau hatte sich nach den Scherben gebückt. Ihr

Pullover, der dabei hochgerutscht war, entblößte ein Stück Haut, und im Gürtel ihrer Jeans steckte ein Revolver. Sie richtete sich rasch auf, zog den Pullover über die Hüften und strich sich eine Haarsträhne aus dem Gesicht. „Wollt ihr noch etwas?"

„Dasselbe noch einmal", sagte Adam.

„Was ich vorher meinte", begann Irina von neuem, „wir könnten uns eine kleine Wohnung nehmen und einen Teil der Möbel von hier nach Europa verschiffen, wir könnten…"

„Die Möbel bleiben in Amerika", unterbrach er sie. „Bist du etwa bereits dabei, das Haus hier aufzugeben?" Und lächelnd, spöttisch, mit einem Blick, den sie nicht kannte von ihm, fuhr er nach einer kleinen Pause fort: „Abgesehen davon, dass es eine gute Altersvorsorge für dich bedeutet, kann auch noch dein nächster Mann von dem Haus profitieren!"

Sie schaute ihn an, sie trank einen Schluck Margarita, die Salzkörner stachen ihr in die Lippen wie ein Hagel aus winzigen Nadeln, schon war er vorüber, *try a little*, sang Otis Redding, *try a little tenderness*, und leichthin wie er, heiter, erwiderte sie: „Wo sind die Zeiten, da es genügte, dass ich den Namen eines anderen Mannes erwähnte, um lodernde Eifersucht und Mordgelüste in dir zu wecken?"

Er lachte, während in ihrem Rücken wieder die Tür aufschwang, die Schwermut der Mariachi hereinwehte, Sehnsucht, Fernweh, eine andere Welt, und ein alter Mann den Raum durchquerte, am Billardtisch stehen blieb und wortlos mit der Greisin zu spielen begann.

„Es wird keinen anderen Mann mehr geben", sagte sie leiser als vorhin.

„Ach Darling", Adam zog aus seiner Jackentasche das Telefon, prüfte den Bildschirm, drückte auf ein paar Knöpfe, steckte es wieder ein. „Warum solltest du nicht mehr heiraten? Vergiss nicht, dass ich zwanzig Jahre älter bin als du. Ist dir eigentlich klar, hat mich gerade mein Anwalt am Telefon gefragt, dass du so schuftest für Irinas nächsten Mann?"

„Weil ich dich liebe", sagte sie.

Er sah sie an, etwas in seinen Augen veränderte sich, vielleicht verging die Zeit oder verging nicht, weil er sie festhielt in seinem Blick. „Das eine", sagte er irgendwann ebenso leise wie sie, „schließt doch das andere nicht aus."

„Außerdem", sie löste sich aus seinem Blick, „kommt sowieso immer alles anders, als man denkt. Warum du zuerst?" Sie wartete, ohne zu wissen worauf, und als sie weitersprach, klang ihre Stimme wieder unbeschwert: „Natürlich würde auch ich mir wünschen, dass du, falls ich vor dir sterbe, eines Tages wieder glücklich bist und ... nicht allein." Sie lächelte. „Aber kannst du dir überhaupt vorstellen, mit jemand anderem zusammen zu sein?"

„Ja", erwiderte er, „ich meine, nein, auf keinen Fall", und in seinen Augen tanzte das Licht.

Die junge Frau stellte im Vorbeigehen zwei neue Margaritas vor sie hin, eilte die Bar entlang weiter, immer ein wenig abwesend mit diesem scheuen, fast traurigen Lächeln.

„Das heißt also, dass du dich gleich wieder binden würdest?"

„Wer spricht denn von gleich?"

„Dass der andere ersetzbar ist?"

„Ach Darling", meinte er wieder, „du bist nicht ersetzbar. Niemand ist so unordentlich, kocht so schlecht, verliert so viel wie du." Er betrachtete sie mit Nachsicht. „Ich würde mir das nächste Mal eine häusliche Frau suchen."

Sie nahm vorsichtig das randvolle Glas in die Hand, balancierte es, ohne etwas zu verschütten, bis an ihre Lippen.

„Natürlich nur eine, von der ich wüsste", fuhr er noch immer mit diesem unbändigen Blick fort, „dass du auch einverstanden wärst mit ihr. Mit wem sollte ich mich also deiner Meinung nach verheiraten im Falle deines, du verzeihst, Ablebens?"

Sie sah ihn finster an und stellte das Glas wieder auf die Theke. „Mit Christina", sagte sie dann.

Er lachte auf. Die junge Frau legte die Rechnung neben ihre Gläser, die Billardkugeln knallten jetzt in kürzeren Abständen aneinander, und auf Irinas linker Seite hatten ein Mann und eine Frau Platz genommen, die schweigend geradeaus starrten. „Hey", rief der Cowboy, als sich die junge Frau über die Theke beugte zu den neu Hinzugekommenen, „hey, hey!"

„Christina", erklärte Adam und betonte jede Silbe ihres Namens, „ist fett."

„Erwartest du vielleicht von mir, dass ich dir eine Frau aussuche, die attraktiver, intelligenter, charmanter, verführerischer ist als ich?"

„Ich möchte dich daran erinnern", erwiderte er freundlich, „dass du bei jeder Gelegenheit behauptest, einen Mann zeichnen die Frauen aus, mit denen er sich umgibt."

„Das betrifft die Vorgängerinnen", entgegnete sie, „nicht die Nachfolgerinnen."

„Und so soll das Glück also aussehen, das du dir wünschst für mich?"

„Denk an mich", sagte sie, „lebe mit den Erinnerungen und du wirst glücklich genug sein."

„Feldwebelchen", er seufzte wieder, „wie könnte ein Tag vergehen, an dem ich nicht deines strikten Regimes gedächte…"

„Oder Luisa", sagte sie zärtlich.

„Luisa ist furchteinflößend, männerhassend, eine rächende Amazone, aber", stellte er zufrieden fest, „sie ist schön. Das wäre dann der Widerspenstigen Zähmung."

Sie sah ihn misstrauisch an. „Mein Problem ist", sagte sie schließlich mit veränderter Stimme, „dass, jedenfalls für mich ..."

„Ich glaube, Zdenka!" Sein Gesicht verklärte sich.

„... dass für mich die Liebe meistens nicht zum Lachen ist."

„Mit Zdenka kann ich über Lyrik sprechen, sie verehrt mich, sie ..."

„Du müsstest nie mehr Diät halten", unterbrach sie ihn aufgebracht, „weil sie dir sowieso nichts anderes auf den Teller legt als ein paar blumige Worte in schmeichelnden Versen, du könntest dich also im wahrsten Sinne des Wortes kalorienfrei am großen, sanften Busen der Kunst nähren ..."

„Reg dich doch nicht so auf", er sah sie wie vorhin mit Spott in den Augen an, „wo doch ohnehin alles dafür spricht, dass du es sein wirst, die eines Tages, elegant in Schwarz, auf dem Deck eines Luxusdampfers Ausschau halten wird nach ..."

In seinen Satz hinein flog die Tür auf, hörte Irina Arco bellen, drängte von draußen lärmend, lachend die Hochzeitsgesellschaft herein, angeführt von der Braut, die sogleich durch den Raum tanzte, sich übermütig um sich selbst drehte und sich dabei einspann in ihren Schleier wie in einen Kokon.

Die junge Frau hinter der Bar stellte die Musik lauter und das Licht heller, das in den Augen des Kojoten flackerte, über Flaschen huschte und den Schmuck der Hochzeitsgäste, sie klatschte in die Hände, wiegte sich zu den Klängen.

This is the music we tighten up with, rief eine Stimme aus dem Lautsprecher, *we don't only sing but we dance!* Ein Schlagzeuger bearbeitete fieberhaft sein Instrument, die Trompete stieß wilde Schreie aus, *everybody can do it but don't you get in too tight,* die Braut zerriss ihre Larve, wirbelte durch den Raum, fasste im Vorbeitanzen nach jedem, der ihr in den Weg kam, und bildete eine Kette mit den Leuten, die sich die Hände gaben und unbeholfen immer schneller hinter ihr her über den Holzboden galoppierten. Irgendwo zwischen ihnen stolperte, torkelte der Cowboy.

Die junge Frau hinter der Bar klatschte weiter in die Hände, schien unschlüssig, und als niemand es sah, zog sie rasch den Revolver aus ihrem Gürtel. Sie betrachtete ihn neugierig, hob ihn dann langsam hoch, zielte, sie lächelte noch immer.

„Erinnerst du dich?" Irina, die von ihrem Barhocker aufgestanden war, stellte sich mit dem Rücken zur Theke und verdeckte die junge Frau. Mit den Augen folgte sie der Braut.

Adam, der sich ebenfalls erhoben hatte, legte seinen Arm um ihre Schulter. „Ich habe noch keine Frau getroffen", murmelte er mit seinen Lippen an ihrem Scheitel, „die nicht sentimental wird beim Anblick einer Braut."

Noch immer bellte Arco. *Tighten it up now*, rief anfeuernd die Stimme aus dem Lautsprecher, *you can't get it right!*

Irina lehnte sich leicht an Adam und bewegte sich nachdenklich zu der hektischen, beinahe hysterischen Musik. „Wo ist eigentlich der Bräutigam?", fragte sie leise.

Die Braut hatte den Kranz, an dem der Schleier hing, aus ihrem Haar gezogen. Anmutig und ausgelassen schwenkte sie ihn durch die Luft, kreiste mit der Kette hinter sich den Billardtisch ein und legte ihn der alten Frau, die bis jetzt schweigend und ohne sich von dem Trubel stören zu lassen mit dem alten Mann weitergespielt hatte, auf den Kopf.

Die alte Frau hielt inne, blickte hoch, richtete sich auf. Vorsichtig berührte sie den Kranz. Sie schaute verwundert an sich selbst herab und fasste nach dem Schleier, der über ihren Körper zu Boden floss und in den sie eingegossen schien wie in einen Glassturz, in weißes Licht: Reglos stand sie da, eine alt gewordene Kriegerin im falschen Kostüm, auf ihren Billardstock gestützt, als wäre er ein Gewehr, bis auf einmal ein Leuchten über ihre Züge glitt, Vergessenes, Bewahrtes, hinter all den Lebensmasken Verborgenes, und sie langsam den Kopf drehte zu dem alten Mann.

Er betrachtete sie, lächelte.

Sag etwas, dachte Irina und hob ihr Gesicht zu Adam, irgendetwas jenseits dieser Plänkelei, das sich über ihrer beider eben noch so leicht getauschten Sätze legte, eindeutig, unwiderruflich und, drängte plötzlich etwas in ihr, von solchem Gewicht, dass es in die Erde schnellen würde und sie aufreißen wie ein Blitz, hineinschlagen wie ein Anker, für immer dastehen wie ein alter Baum, verwurzelt, eingegraben, tätowiert in ihr Sein, weil nur die Worte zählen, wenn alles rundherum versinkt.

Adam starrte abwesend auf das greise Paar.

„Vielleicht bleibt ja auch keiner von uns beiden übrig", sagte sie schließlich leise.

„Du meinst", Adam sah sie endlich an, „vielleicht stürzen wir beide mit dem Flugzeug ab, auf dem Weg in unsere neue, kleine Wohnung?" Sein Arm um ihre Schulter drückte sie fester an sich, er lachte. „Tröste dich nicht!"

Sie nahm ihr Glas, trank von der Margarita, die Limonen zogen ihr das Herz zusammen, der Tequila riss es auf, sie trank noch einmal und schnell noch einmal.

„Kennst du den Treueschwur der amerikanischen Marines?"

„Ich glaube", erwiderte er, „wir sollten jetzt besser gehen."

„Unlängst hab ich darüber in der Zeitung gelesen", fuhr sie fort, ohne auf seine Worte zu achten, „in einem Bericht über den ersten gefallenen Offizier der Kommandotruppen", und während er sie an der Hand fasste und durch die ausgelassene, johlende Menge zog, redete sie hastig weiter von der jungen Witwe des Offiziers, die, mit ihrem Kind im Arm, dem bekränzten Sarg jenen Schwur nachgerufen hatte, ihre letzten Worte an den toten Mann, aber Adam, der sich ein paar Schritte vor ihr einen Weg bahnte zur Tür, hörte ihr nicht mehr zu.

Wie soll er wissen können, dachte sie und schaute noch einmal zurück, dass ich zornig bin, zum Beispiel über die Endlichkeit der Dinge, traurig und aufgebracht über die unerhörten Rufe zwischen den Wörtern oder darüber, dass das Leben in zwei Abschnitte zerfällt.

Hinter der Bar stand die junge Frau, trocknete mit einem Geschirrtuch die Gläser und lächelte.

Es war jetzt ganz dunkel, die Mariachi mussten weitergezogen sein, die Sterne fielen durcheinander am Himmel, vielleicht war es der Alkohol, vielleicht Adams Nähe, vielleicht eine Zerstreutheit oder die Nacht, und der Hund bellte, bellte.

„Arco von Daskon", rief sie, „denk an Dascha, deine Mutter, denk an dein edles Blut und hör schon endlich auf zu kläffen!"

Sie zog Adams Hand an ihr Gesicht, ihre Lippen, legte kurz ihre Wange darauf, und dann rannte sie los: über den Lake Shore Drive, unter den herabstürzenden Mond, auf den schwarzen See zu, in den die Sterne ihre blassen Samen streuten, sah das Licht nicht oder sah es doch, warum nur schrie Adam, bellte noch immer Arco, hörte nicht den Lärm und das Kreischen der Bremsen, was machte es für einen Unterschied? Vor ihr und über ihr sanfte Scheiben, die miteinander verschmolzen, die wuchsen um sie herum, heruntergefallen von all den Himmeln, in denen sie oft zu Hause war, und plötzlich herrschte Stille: Ganz langsam atmete jetzt die Zeit, die Nacht wurde weit und hell, und sie verstand nicht gleich, woher auf einmal diese Menschen kamen, Männer, aufglimmende Erscheinungen, Einbildungen, vorbeigingen, sich auflösten und wieder verschwanden im Lauf der Welt, ich habe sie geliebt, ach was, geliebt, es war doch alles nur ein Spiel, ein Missverständnis, eine Laune, Eitelkeit, bis, ja bis sie Adam traf, was kümmerte sie das Davor und die anderen Geschichten, Erinnerungen, verdünnt, ausgebleichte Gefühle, denn, am liebsten hätte sie es hinausgeschrien, frohlockend, triumphierend, befreit, denn ich habe überlebt: das Leiden, die Irrtümer, die abgründige Gewalt der Liebe, sie musste plötzlich lachen, obwohl sie nicht wusste, was daran so komisch war, lachen oder seufzen, und in diesem schwebenden Gleichgewicht der auseinandergebrochenen Welt, mit ihrem beinahe zärtlichen Kern, suchte sie Adam, nur ihn, hörst du, dich, bevor alles wieder einsetzte, das grelle Licht, der Lärm und die Leute sich um sie drängten, eine alte Braut und eine junge, sogar die Witwe des Offiziers, deren Arm sich ausstreckte, warum nach mir, die Mariachi wieder *besame* sangen, *besame*, ewig *besame mucho*, und der Schmerz sie zerriss, Adam hörst du mich?

Er hielt sein Ohr über ihren Mund, er war sich nicht sicher, sagte oder fragte sie: „Semper fidelis..."

INHALT

Es scheint so . . . . Seite 9
Was ist das für eine Liebe 60
Alles ist immer wie immer 79
Vorzeitig abgebrochen 93
Happy Hour 119
Ja, Max 143
Gleichzeitig, in den Kammern des Herzens 160
Und dann 179